KB105122

GAME OF GOETIA

니콜로 장편소설

FUSION FANTASTIC STORY

마왕의 게임

마왕의 게임 1

니콜로 장편소설

초판 1쇄 찍은 날 § 2015년 9월 8일
초판 1쇄 펴낸 날 § 2015년 9월 15일

지은이 § 니콜로
펴낸이 § 서경석

편집책임 § 한준만

펴낸곳 § 도서출판 청어람
등록번호 § 제387-1999-000006호
등록일자 § 1999. 5. 31
어람번호 § 제1-2219호

주소 § 경기도 부천시 원미구 부일로 483번길 40 서경B/D 3F (우) 14640
전화 § 032-656-4452 팩스 § 032-656-4453
http://www.chungeoram.com
E-mail §chungeorambook@daum.net

ⓒ 니콜로, 2015

ISBN 979-11-04-90397-7 04810
ISBN 979-11-04-90396-0 (세트)

GAME OF GOETIA 1

니콜로 장편소설

FUSION FANTASTIC STORY

마왕의 게임

도서출판 청어람

목차

프롤로그―부름   7

제1장 **그레모리의 부름**   9

제2장 **모의전**   31

제3장 **서열전**   53

제4장 **스카우트**   83

제5장 **경기장의 신**   107

제6장 **Player_SIN**   135

제7장 **코치**   167

제8장 **도전**   191

제9장 **압도**   221

제10장 **지옥의 죄수들**   245

제11장 **주디**   269

제12장 **최영준**   299

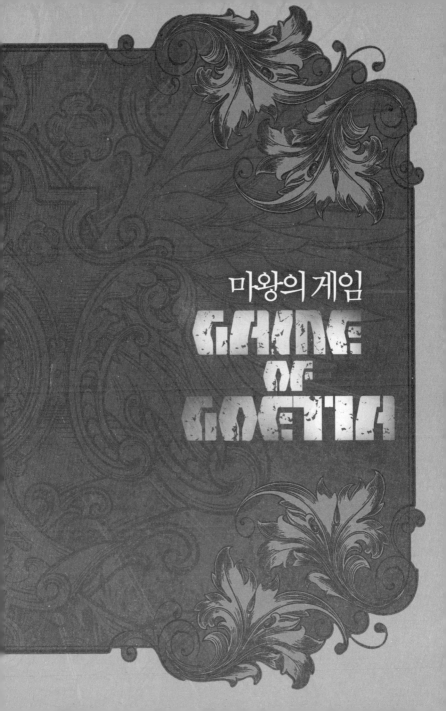

프롤로그―부름

청년은 어안이 벙벙한 표정으로 주위를 둘러보았다.

그의 앞에는 이상한 복장을 한 여자가 있었다.

서양중세 시대의 귀부인이 저러했을까. 고풍스러운 드레스를 입고 머리에 왕관을 쓴 그녀는 젊고 놀라울 정도로 아름다웠다.

여인이 입을 열었다.

"카이저, 제가 당신을 이곳에 불러왔습니다."

당황하던 청년이 그제야 여인을 바라보았다.

여인은 점잖은 어조로 차분히 말했다.

"불패의 사령관 카이저. 당신은 그 젊은 나이에 수많은 싸움에서 승리하며 불세출의 전략가로서 명성을 쌓은 군인입니다.

맞나요?"

"마, 맞긴 합니다만……."

"제게 힘을 빌려주세요. 앞으로의 전쟁에서 이기기 위해 당신이 필요합니다."

"전쟁? 저는……."

"저는 72악마군주의 하나인 그레모리. 비록 몰락했어도 당신의 소원 하나쯤은 들어줄 수 있어요. 부디 저를 위해 싸워주시겠습니까?"

"아니, 그게……."

"부탁드립니다."

그레모리라는 여인은 말을 잃게 만드는 아름다운 얼굴로 간절한 눈빛을 보냈다.

차마 거절을 할 수 없게 하는 절대적인 미모.

하지만 그렇다고 승낙도 할 수 없었다.

왜냐하면……

'저기, 뭔가 실수를 한 것 같습니다만?!'

청년은 마음속으로 소리쳤다.

이름은 이신.

닉네임 카이저.

그는 공군 프로 팀 소속 프로게이머였다.

제1장

그레모리의 부름

e스포츠의 신.

게임의 신.

이신을 따라다니는 수식어였다.

20세에 프로로 데뷔, 첫 출전한 개인리그에서 무패우승해 e스포츠계에 충격을 안겨주었다.

이후로도 프로리그와 개인리그를 가리지 않고 무패행진!

큰 키에 잘생긴 외모까지 더해져 국민적인 스타가 되었다.

하지만 끝을 모르고 날아오르던 그의 행보도 24세까지였다.

군복무를 위해 입대, 공군 프로 팀 소속으로 선수 생활을 하고 있을 때였다.

개인리그 4강에서 가뿐히 승리해 결승 진출을 확정짓고 난 뒤였다.

화장실에서 모자와 마스크를 쓴 괴한의 습격을 받았다.

괴한은 손을 씻고 있던 이신의 손목을 정확하게 쇠파이프로 가격했다.

손목뼈가 산산조각 난 끔찍한 고통!

괴로워 비명을 지르는 이신을 뒤로하고 괴한은 도망쳤다. 마치 자기 할 일을 완수했다는 듯이.

경찰은 끝내 괴한을 잡지 못했다.

손목은 완치되지 않았다. 마우스로 미세한 조작을 할 때마다 통증이 밀려왔다. 이신의 프로게이머 인생은 거기까지였다.

그동안 이신에게 러브콜을 보내던 프로 팀들이 등을 돌렸다.

의병 제대 후 집에 돌아온 이신은 하루하루를 무기력하게 보냈다.

잠에서 깨어나면 자신의 손목을 확인했다. 그리고 뼈가 깎이는 듯한 지긋지긋한 통증을 확인하고는 좌절한다.

폐인처럼 넋을 잃고 세월을 보냈다.

처음에는 위로를 해주던 가족들 또한 서서히 이신에게 짜증을 부리기 시작했다.

"언제까지 그러고 살래!"

"그러니까 엄마가 게임 같은 거 하지 말랬지!"

이신은 방문을 걸어 잠그고, 마음의 문까지 닫아버렸다.

인터넷 뉴스 e스포츠란은 자신의 라이벌이자 만년 2인자였던 황병철이 우승컵을 안고 울먹이는 사진으로 도배되어 있었다.

―2인자의 설움 벗은 황병철 "이신 안타까워"
―우승 황병철 "진정한 우승 아냐" 겸손 잃지 않아.
―황병철 우승, 이신 부재 탓?
―희비 교차한 두 명의 라이벌.

이신은 쓸쓸하게 사진을 들여다보았다.

지난 4년간 누린 영광들이 차례로 스쳤다.

탁월한 전략, 센스 있는 컨트롤, 괴물 같은 멀티태스킹. 그는 한 시대를 자신의 것으로 만들었다.

유서 깊은 교육자 집안에서 태어나 부모님의 격렬한 반대를 무릅쓰고 공부 대신 선택한 게임은 그의 전부였다.

그럴 수밖에 없었다.

미치도록 재미있었으니까.

게임하다가 죽는 것이 소원이었으니까.

'그래, 그게 소원이었지.'

이신은 쓰게 웃었다. 무기력하게 침대에 드러누워 천장을 바라보았다.

'그럼 이제 죽으면 되는 건가.'

그런 생각이 들었을 즈음이었다.

천장에 문득 검은 점 하나가 나타났다. 작고 동그란 점은 점점 커져 갔다.

'엇?!'

이윽고 검은 블랙홀 같은 빛이 뿜어져 나와 이신을 집어삼켜 버렸다.

그리고…….

*   *   *

"지금 저더러 전쟁을 치르라는 말씀이십니까?"

이신의 물음에 그레모리는 고개를 끄덕였다.

72악마군주의 하나인 그레모리.

금관을 쓴 붉은 머리칼은 보기 좋게 찰랑거린다. 검은 벨벳과 하얀 레이스로 치장된 옷차림은 가냘픈 허리를 강조하며 맵시 있게 떨어진다.

본래 서열 56위의 군주였던 그녀는 현재 최하위까지 떨어진 처지라고 했다.

"저는 인간에게 자비롭고 거짓말을 못하는 몇 안 되는 악마랍니다. 그런 제 성격이 서열전에는 도움이 안 되는 것 같지만요."

그레모리는 슬픈 얼굴로 말을 이었다.

"이제 한 번이라도 더 서열전에서 패하면 전 군주의 지위조차 잃게 됩니다. 그래서 저를 대신하여 전쟁을 치러 승리해 줄 사람을 소환했죠. 바로 당신입니다."

"하지만 저는……."

"이해해요. 악마군주들의 다툼에 관여하고 싶지 않겠죠. 하지만 제 부탁을 들어준다면 당신의 소원을 들어주겠습니다."

"아니, 근데……."

그레모리는 이신에게 발언의 기회를 주지 않고 계속 말한다.

"저는 의술과 사랑을 관장합니다. 어떤 병이든 치유해 줄 수 있고, 어떤 여인의 사랑이든 가져다줄 수 있죠. 제가 들어줄 수 있는 소원이 많을 거예요."

뭐라고 말하려 했던 이신은 꿀 먹은 벙어리가 되었다.

'어떤 병이든 치유할 수 있다고?'

이신의 시선이 자연히 자신의 오른손을 향했다.

그 시선을 따라 그레모리도 이신의 손목에 관심을 보였다.

"저런, 손목을 크게 다쳤군요?"

"그, 그렇습니다."

"조금만 힘을 줘도 아프지요?"

"맞습니다."

이신의 목소리가 떨렸다.

"치료해 드릴 수 있습니다. 제게는 아주 쉬운 일이죠."

"……!"

이신은 눈을 부릅떴다.

그 반응에 그레모리는 눈을 빛냈다. 그를 설득할 기회를 포착한 것이다.

"저와 계약을 한다면 즉석에서 손목부터 낫게 해주겠어요. 또한 승리할 때마다 당신은 많은 것을 얻을 수 있죠."

"지면 어떻게 됩니까?"

"전 악마군주의 지위를 잃겠죠."

"저는 어떻게 됩니까?"

"차원의 게이트를 열 수 있는 권한은 군주만이 지니고 있습니다. 더 이상 군주가 아니게 된 저는 당신을 돌려보내 주지 못해요."

"전 영원히 이곳에 있어야 하는군요?"

"다시 군주의 지위를 되찾기 전까지는."

"여기는 지옥입니까?"

"마계입니다. 악마와 마물이 사는 세상이죠. 지옥도 우리가 관리하긴 하지만요."

"이기면 원래 세계로 돌려보내 주실 겁니까?"

"다음 전쟁이 있기 전까지는 원래 세계에서 지내실 수 있죠."

"전쟁이 한두 번이 아닙니까?"

"네, 72악마군주의 서열전은 끝이 없죠."

"그중 한 번이라도 지면 안 되는 겁니까?"

"아뇨, 이길 때도 질 때도 있죠. 다만 다음 서열전은 제 군주 지위가 걸린 만큼 아주 중요하죠."

그레모리는 미소를 지었다.

많은 질문은 그의 마음이 움직이기 시작했음을 뜻하니까.

"제가 직접 전쟁터에서 싸워야 합니까?"

"후훗, 서열전에서 당신이 위험에 처할 일은 없어요. 안심하고 지휘만 하면 돼요."

"……"

이신의 눈빛이 흔들렸다. 많은 생각이 머릿속에 떠올랐다.

그녀와 계약하면 손목이 낫는다.

승리하면 잃어버린 모든 것을 되찾을 수 있다.

패배하면 다시는 원래 세상으로 돌아가지 못한다.

'어차피 난 죽으려고 했지.'

처참한 현실에서 도피하고 싶었던 이신에게는 그다지 큰 리스크가 아니었다.

침착하게 생각한 뒤에 그가 물었다.

"구체적으로 제게 원하시는 게 뭡니까? 계속 이기기를 원하십니까? 최고 서열로 올려주기를 원하십니까?"

"군주의 지위를 보전할 수 있으면 그걸로 만족한답니다."

그 말에 이신은 마음을 굳혔다.

'나에게 기회를 주고, 기대치도 높지 않다. 이 정도면 해볼 만해.'

이신이 입을 열었다.

"하겠습니다."

한때 56위, 현재 72위의 악마군주 그레모리에게 계약자가 탄생한 순간이었다.

"그럼 계약서를 작성할까요?"

그레모리는 한 장의 양피지를 꺼냈다.

둘둘 말려 있던 양피지를 펼치니 글귀가 적혀 있었다.

1. 카이저는 72악마군주의 하나인 그레모리의 계약자가 된다.

2. 본 계약은 72악마군주의 서열전이 끝날 때까지 유지된다.

3. 카이저는 다음 서열전이 있기 전까지 본래 세계에서 생활할 수 있다.

4. 본 계약의 성립과 동시에 카이저는 손목을 비롯한 신체의 모든 부상을 치유받는다.

5. 그레모리는 계약자 카이저가 마계에 있는 동안 어떠한 위해도 가하지 않고 보호한다.

6. 본 계약은 상호 합의하에 폐지될 수 있다.

7. 계약 종료 또는 폐지 시, 그레모리는 카이저를 본래 세계로 돌려보내 준다.

8. 그레모리는 본 계약을 위반할 시 군주의 지위를 잃는다.

9. 카이저는 본 계약 위반 시 영혼을 잃는다.

"어떤가요?"

"글쎄요. 좀 더 훑어보겠습니다."

쭉 읽어봤지만 자신에게 해될 것이 없다는 판단이 들었다. 설령 패배한다고 해서 어떤 벌칙을 부여하지도 않는다.

하지만 다시 한 번 훑어보았을 때, 2번 조항에서 흠칫했다.

'서열전이 끝날 때까지 계약이 유지된다?'

분명히 72악마군주의 서열전은 끝이 없다고 그녀가 말했었다.

이번에는 6번 조항을 보았다.

본 계약은 상호 합의하에 폐지될 수 있다.

즉, 한쪽의 합의 없이는 폐지되지 않는다는 뜻이었다.

"한 가지 여쭙고 싶은 게 있습니다."

"얼마든지요."

"이 계약은 언제까지 지속되는 겁니까?"

"서열전이 끝나거나 상호 합의하에 폐지될 때까지 계속되지요."

"만약에 당신이 합의를 해주지 않는다면?"

그레모리는 웃었다.

"당연히, 영원히죠."

"그 영원히라는 말뜻은 제가 죽을 때까지입니까?"

"죽은 뒤에도 영원히죠."

"예?"

충격을 받은 이신에게 그레모리가 말했다.

"악마의 계약자가 죽은 뒤에 악마의 곁에 영원히 머무는 건 당연한 일이에요."

이신은 섬뜩함을 느꼈다.

저렇게 착하고 선량한 어조로 당연하다는 듯이 무서운 말을 하다니.

그레모리는 아름다운 미소를 띠며 말했다.

"당신에게 나쁜 이야기가 아니에요. 제 곁에 머무는 동안 당신은 극진한 대접을 받을 거예요. 누구도 당신을 해칠 수 없고, 원하는 모든 걸 즐길 수 있지요. 악마군주의 계약자란 그 정도로 높은 지위죠."

"하지만 죽은 뒤에도 영원이라는 것은 조금 꺼려집니다."

"어째서죠? 제 곁에 있으면 남부럽지 않은 생활을 할 수 있는

데요."

"제가 인간이라서 그런 모양입니다. 계약에 조항을 하나 추가하고 싶습니다."

"어떻게요?"

"제가 승리할 때마다 계약 종료를 결정할 수 있었으면 좋겠습니다."

이 서열전이라는 것이 언제 끝날지도 기약이 없었다. 이신으로서는 이렇게라도 조건을 추가해야 했다.

"그럴 수는 없어요!"

그레모리는 갑자기 단호하게 소리쳤다. 그녀의 하얀 얼굴이 수치심으로 빨갛게 물들어 있었다.

"악마군주로서 계약자에게 계약을 파기당하는 것은 굉장히 수치스러운 일이에요. 저는 웃음거리가 되고 말 거예요!"

"그건 몰랐습니다."

이신은 당혹스러웠다.

마치 고백했다가 차인 여자처럼 모욕감을 느끼다니.

"당신이 계약에서 해방된다고 해도, 그건 제 허락에 의해 일어난 일이어야 해요. 그 조항은 절대로 용납할 수 없어요."

"그럼 저도 계약을 할 수가 없습니다."

이신은 강하게 나갔다.

손목을 치유받고 싶다는 생각이 절실했지만 지금은 참고 강하게 나가야 했다.

"정말 너무하시네요."

그레모리가 섭섭한 얼굴로 투정 부리자 이신은 아찔한 기분이 들었다.

상대는 역시 악마였다. 그것만으로도 죄책감이 느껴질 정도였으니 말이다.

"죄송하지만 저도 어쩔 수가 없습니다. 기약 없는 영원이란 인간인 제게는 너무 두렵습니다."

"휴우, 어쩔 수 없네요."

그레모리는 하는 수 없다는 듯이 입을 열었다.

"그렇다면 두 가지 조항을 더 추가하겠어요."

"무엇입니까?"

"계약서를 다시 보세요."

이신이 양피지를 바라보니 어느새 계약 조건이 다소 변경되어 있었다.

10. 카이저는 10승 달성 시 본 계약을 종료할 수 있다. 단, 승리가 패배보다 많아야 한다.

11. 카이저는 서열전에서 패배 시, 다음 서열전에서 승리할 때까지 본래 세계로 돌아갈 수 없다.

'10승을 달성해야 한다고?'

이신은 궁금해져서 물었다.

"서열전은 한 번 싸울 때마다 시간이 얼마나 소요되는 겁니까?"

"승패가 갈릴 때까지 보통 2시간이 넘지 않아요."

'그것밖에 안 된다고? 그럼 다행이군.'

한 번 서열전을 치를 때마다 몇 년씩 싸워야 할까 봐 걱정했던 이신은 안심할 수 있었다.

그럼 10승이라는 조건은 받아들일 만했다.

'승률 50% 이상이 되어야 한다는 것도 납득할 만하지.'

하지만 11번 조항은 의미심장했다.

"제가 돌아가지 못한다는 내용에 대해 자세히 듣고 싶습니다."

"현재 당신은 영혼만 마계에 불려왔어요. 육체는 당신의 본래 세계에서 잠들어 있는 상태죠."

"그럼 지금도 계속 잠들어 있는 겁니까?"

"지금은 제가 그쪽의 시간을 멈춰놓았어요. 하지만 당신이 패배한다면 다시 승리할 때까지 저는 시간을 붙잡아놓지 않을 거예요."

그레모리는 눈웃음을 지으며 덧붙였다.

"짧으면 열흘, 길면 3개월. 연전연패를 하면 그보다 더 길어질 수도 있죠. 제게 그런 요구를 했으니 벌칙도 있어야 공평하겠죠?"

"……"

이신은 잠시 고민했다.

하지만 갈등은 길지 않았다.

"열흘에서 3개월이라는 건 이곳의 시간입니까, 제 세계의 시간입니까?"

"시간의 흐름은 동일해요."

"좋습니다. 그렇다면 계약하겠습니다."

"페널티가 두렵다면 원래의 조건대로 계약할 수도 있어요."

"아닙니다."

이신이 말했다.

"승부는 패배가 쓰라릴 때 가치가 있습니다."

"멋진 말씀이시네요. 그럼 이곳에 피를 찍어주세요."

그레모리는 계약서의 하단을 가리켰다.

"피 말입니까?"

흠칫 놀란 이신에게 그레모리는 살포시 웃었다.

"악마와 인간의 계약은 피로써 맺어져요."

"알겠습니다. 그럼 피를……."

이신은 손가락을 깨물어 피를 내려 했지만, 차마 깨물지 못하고 망설였다.

풋 하고 웃은 그레모리는 품에서 작은 바늘을 꺼냈다.

콕, 하고 이신의 엄지를 살짝 찔렀다. 따가워서 살짝 놀란 이신은 엄지에 피 한 방울이 맺혔음을 확인했다.

"감사합니다."

"별말씀을요."

이신은 계약서에 피를 찍었다.

그레모리도 똑같이 피를 찍었다.

그런데 그때, 계약서에 적힌 글들이 꿈틀거리며 변하기 시작했다.

'카이저'가 전부 '이신'으로 수정된 것이다.

"이신? 당신의 이름이 이신인가요?"

"예."

"당신은 카이저 아니었던가요?"

"그건 제 별명 같은 겁니다."

"그랬군요."

그레모리는 대수롭지 않게 넘어갔다.

"그럼 이제 제가 계약을 이행할 시간이군요?"

아마도 손목 치료를 뜻하리라.

"이리로 오세요."

이신은 그레모리에게 다가갔다.

서로 거리가 가까워지자 그녀의 아름다운 얼굴이 더 자세히 보였다.

완벽한 비례를 이루는 이목구비에 잡티 하나 없이 깨끗한 피부.

이신은 저도 모르게 얼굴을 붉혔다.

그런 그가 귀엽다는 듯 그레모리는 미소를 지으며 손을 올렸다. 섬섬옥수 같은 손길이 이신의 머리 위에 얹어졌다.

이윽고 그레모리가 말했다.

"시력 저하와 안구 건조증이 있네요. 허리는 디스크 초기 증상에, 손목은 다치기 전에 이미 수근관 증후군(손목터널증후군)이 있었고요."

"…네?"

"어쩌다가 이렇게 건강이 안 좋아지셨나요? 가만히 앉아서 눈을 장시간 뜬 채로 손가락만 격렬히 움직인 것 같아요."

'그 말씀 그대로였습니다만……'

이신은 그제야 습격 전에 이미 자신의 몸이 만신창이였음을 깨달았다.

프로게이머의 직업병이 종합선물세트처럼 모두 모여 있었다.

"하지만 이제 제가 치료해 드릴 테니 염려 놓으세요. 그리고 계약한 기념으로 다시는 이런 증상이 일어나지 않도록 조치해 드리죠."

"가, 감사합니다."

다시는 그러한 직업병이 일어나지 않게 해준다니 이신으로서는 땡큐였다.

파앗!

그녀의 손에서 검은빛이 흘러나와 이신의 몸에 스며들었다.

이신은 자연히 눈을 감았다.

자신의 몸속을 따스한 어떤 이물질 같은 에너지가 헤집고 다니는 기분을 느꼈다.

잠시 후 그녀가 손을 떼며 말했다.

"이제 확인해 보세요."

그제야 이신은 눈을 떴다.

'엇?'

화들짝 놀란 이신.

눈앞이 방금 전보다 훨씬 또렷했기 때문이었다.

'내 눈이 원래 이렇게 좋았나?'

세상이 달라진 느낌.

마치 뿌연 안개가 걷힌 듯한 말끔한 기분이었다.

'손목은?!'

이신은 오른쪽 손목을 조심스럽게 돌려보았다.

손목이 놀라우리만치 부드럽게 돌아갔다. 아무런 통증도 없이.

'이럴 수가!'

믿기 어려웠다.

그동안 그렇게도 그를 절망시켰던 손목이 단숨에 나아버렸다.

얼마나 힘들었던가.

손목이 낫게 해달라고 얼마나 신께 빌었던가.

'이 여자는 이렇게 쉽게……!'

그제야 이신은 새삼 눈앞의 그레모리가 대단한 존재임을 깨달았다.

약속대로 손목뿐만이 아니라, 온몸의 문제점을 알려주고 말끔히 치료해 주었다.

'방심할 수는 없지만 적어도 약속은 지키는 여자 같다.'

어찌 되었든 치유를 받은 그의 몸은 날아갈 것처럼 가벼웠다.

다시 태어난 것처럼 상쾌한 기분.

그가 미처 알지 못했던 육체의 문제들이 사라져 버린 덕분이었다.

컨디션이 아주 좋았다.

"이제 제가 계약을 이행할 차례인 것 같습니다."

이신이 말했다.

"서열전에 대해 알아야겠습니다. 다음 상대는 누구이며, 우리의 전력은 어느 정도입니까?"

그의 적극적인 태도가 마음에 들었는지, 그레모리는 흐뭇한 표정으로 말했다.

"일단은 서열전의 탄생 배경부터 설명해야겠네요."

그녀의 설명이 시작되었다.

서열전의 기원은 오래전, 천계의 천사들과 크게 다퉜던 천마대전으로 거슬러 올라간다.

천마대전에서 패배한 뒤, 자신만만했던 마계는 충격에 빠졌다.

분명 마계는 천계보다 강했다.

하지만 천사들의 주도면밀한 전략에 악마들은 형편없이 패퇴했다. 당초 예상과 달리 전쟁에 능한 쪽은 천사들이었던 것이다.

마신(魔神) 루시퍼는 크게 분노하여 선포했다.

"72악마군주의 서열을 전쟁에 걸맞게 재구성하겠다!"

그리하여서 72악마군주는 끊임없이 서로 서열 다툼을 하기 시작했다. 전쟁에 서투른 악마군주는 자연히 몰락케 하는 조치였다.

하지만 서열 재정립을 위해 서로 싸우면 마계의 힘이 악화될 뿐이었다.

그것을 막고자 루시퍼는 고심 끝에 특별한 전쟁 방식을 고안해 냈다.

"그리하여서 지금의 서열전이 탄생했죠. 이 서열전은 당신이 지금껏 알고 있던 전쟁과 많이 다를 거예요."

그러면서 그레모리는 서열전의 규칙을 모두 가르쳐 주었다.

설명을 들으면서 이신의 표정이 아리송해졌다.

'그야말로 제가 아주 잘 알고 있는 전쟁 방식입니다만?'

72악마군주의 서열전.

그것은 그가 미쳐 살던 실시간 전략 게임(RTS)을 쏙 빼닮아 있었다.

그레모리는 착각으로 인하여 더없이 완벽한 계약자를 데려온 셈이었다.

                    *   *   *

72악마군주가 벌이는 서열전은 실시간 전략 게임(RTS)을 쏙 빼닮아 있었다.

전쟁으로 마계의 땅이 피폐해지는 것을 방지하기 위해 서열전은 다른 차원의 공간에서 치러진다.

그런 차원 공간이 총 12가지.

'이건 뭐 맵(Map)이로군.'

서열전은 도전으로 성립된다.

도전 자격은 보유한 마력이 상대의 9할일 것. 그 자격만 갖추면 상대방은 결코 도전을 피할 수 없다.

서열전이 결정되면 양측은 동일한 마력을 배팅하며, 서열과 세력을 떠나 공평한 상태에서 전쟁을 시작한다.

물론 완전히 공평하지는 않았다.

도전을 피할 수 없는 대신, 피도전자는 두 가지 권리가 있었다.

1. 전장을 고를 수 있다.
2. 배팅할 마력량을 1만~5만 사이에서 결정할 수 있다.

원하는 전장에서 싸울 수 있으니 지리적 이점이 있고, 이길 것 같으면 많은 마력을, 자신 없으면 적은 마력을 마음대로 배팅할 수 있는 것이다.

그렇게 배팅된 양측의 마력은 마력석이 되어 전장에 유포된다.

악마군주 스스로가 나서도 되지만, 대체로 서열전을 치르는 것은 그들의 계약자였다.

계약자들은 맵에 유포된 마력석을 채집하고, 모은 마력으로 싸움에 쓸 전사들을 소환한다.

당연히 마력석을 많이 모을수록 병력도 많아진다.

'이건 자원 캐서 유닛 뽑는 거잖아?'

전쟁은 상대가 전멸하거나 항복을 선언할 때까지.

요약하면 다음과 같았다.

1. 게임은 자격을 갖춘 도전자가 바로 위 서열의 군주에게 도전했을 때 성립된다.
2. 맵과 배팅 마력량은 피도전자가 정한다.

3. 게임은 군주나 군주의 계약자가 치른다.

4. 배팅된 마력은 맵에 유포되며 양측 계약자는 유포된 마력을 채집해 유닛을 생산, 전쟁을 치른다.

5. 승자는 배팅된 전 마력을 갖는다.

서열전의 룰을 쭉 듣다가 이신이 물었다.

"최하위이신 그레모리 님은 도전을 받을 일이 없지 않습니까?"

"그렇지 않아요. 군주가 되고 싶어 하는 상급 악마들의 도전을 받아야 해요."

그레모리는 한숨을 쉬며 말을 이었다.

"이미 도전 자격을 갖춘 지 오래인 상급 악마가 몇 명 있어요. 그들은 하나같이 군주의 지위를 호시탐탐 노리고 있었죠."

제2장

모의전

"마력량이 얼마나 되십니까?"

"65,000가량입니다."

이신은 곰곰이 생각했다.

'배팅은 최소 1만, 최대 5만.'

다행히 얼마나 배팅할지는 도전을 받는 쪽이 결정한다고 했다.

"1만씩 배팅한다고 쳤을 때, 총 6번을 싸울 수 있는 수치군요."

"6번 모두 제가 도전받는 입장이라면 그렇겠죠. 하지만 앞으로 한 번만 더 지면 저는 도전해야 하는 입장이 되겠죠."

"이번에 패한다 해도 다시 마력을 모아 도전하면 잃은 군주 지위를 다시 회복할 수 있잖습니까."

그 말에 그레모리는 쓴웃음을 지었다. 그녀는 이신에게 손짓했다.

"이리로."

이신은 그녀를 따라 창가로 향했다.

커다란 유리창 밖으로 광활한 영토가 보였다.

악마들이 사는 곳이라고는 믿을 수 없을 정도로 아름다운 자연이었다.

"저는 이 영토와 26개의 악마 군단을 지배하는 위대한 군주예요."

"……"

"지금은 추락하였지만 아직도 13개 악마 군단이 충성스럽게도 저를 떠나지 않고 남아주었죠."

그레모리는 슬픈 눈으로 이신을 바라보았다.

"군주의 지위를 잃는다는 건 이 땅도, 충성스런 이들도 더 이상 거느릴 수 없게 된다는 뜻이에요. 그 치욕과 상실을 무어라 설명할까요?"

이신은 자신이 섣부른 말을 했다는 걸 깨달았다.

자신 역시 그랬다.

더 이상 선수 생활을 할 수 없었을 때 그런 상실감을 느꼈기 때문이다.

주변에서는 돈도 많겠다 아직 젊겠다 뭐가 문제냐고들 그랬다. 당사자 기분을 조금도 모르는 헛소리였다.

자신에게 게임이 그렇듯, 그녀에게도 아주 소중한 프라이드가 있으리라.

이신이 말했다.

"물론 저도 패배할 생각은 없습니다. 전장을 이쪽에서 선택할 수 있으니 준비만 잘하면 기본적으로 우리가 유리합니다."

원하는 맵에서 싸우는 게 얼마나 유리한지, 프로게이머 생활을 해본 이신은 아주 잘 알았다.

"혹시 바로 위, 71위 군주의 마력량이 어느 정도인지 아십니까?"

"현 71위의 악마군주 암두시아스는 91,000마력을 보유했어요."

"91,000의 9할이라면… 81,900마력만 있으면 도전 자격이 된다는 뜻이군요."

"맞아요."

"그렇다면 상대를 봐서 이길 자신이 있다면 1만이 아니라 그보다 많은 마력을 배팅해서 곧바로 도전 자격을 얻으면 어떻습니까?"

"이쪽이 얼마나 준비됐느냐에 따라 배팅이 달라지는 거네요."

"그렇습니다. 제 컨디션과 상대의 성격도 고려해야 합니다."

"좋아요. 저는 당신만 믿겠어요."

                    *   *   *

서열 72위 악마군주 그레모리.

한때는 56위였다는 그녀의 궁전은 주인의 미모처럼 아름다웠다. 베르사유궁전도 이처럼 화려하지는 못할 터였다.

이곳에 머무는 동안 이신은 식사에서 잠자리까지 극진한 대접을 받았다.

어딜 가나 열 명이나 되는 아리따운 시녀들이 쫓아다니며 사소한 부분까지 챙겨주고 있었다. 어째서 그레모리가 영원히 마계에 지내는 게 행복한 일이라고 했는지 조금 알 것 같았다.

하지만 그런 안락한 생활을 즐길 틈이 없었다. 언제 도전이 들어올지 모르는 마당에 여유를 부릴 수 없었다.

그는 곧장 연습에 들어갔다.

"감을 잡으려면 연습을 해야 합니다. 실전 연습이 가능합니까?"

"물론 가능하죠."

그레모리는 이신의 어깨에 손을 얹었다. 그 순간, 이신은 주변의 공간이 온통 일그러지는 것을 느꼈다.

파앗!

[악마군주 그레모리 님과 계약자 이신께서 제1전장 아스테이아에 도착하셨습니다.]

정체를 알 수 없는 음성이 울려 퍼진다.

"나의 계약자 이신과 모의전을 치르겠다."

그레모리가 말했다.

[악마군주 그레모리 님과 계약자 이신 님의 모의전입니다. 전쟁의 승패가 서열과 마력에 영향을 주지 않습니다. 마력은 임의

로 5만이 배팅됩니다.]

[마력 5만이 마력석이 되어 전장에 유포됩니다.]

[종족을 선택해 주십시오.]

그레모리는 내게 말했다.

"종족을 선택해야 해요."

"종족?"

"서열전에 악마는 동원되지 않아요. 악마가 희생될수록 마계의 힘이 약해지니까요."

"……?"

"그래서 대신 죄를 짓고 지옥에 떨어진 인간, 오크, 엘프, 드워프 등과 마계에 서식하는 마물들이 서열전에 동원돼요."

"채집한 마력으로 그것들을 소환할 수 있는 겁니까?"

"네, 우선 휴먼, 오크, 엘프, 드워프, 마물 중 하나를 선택하세요."

종족 선택까지.

'완전 게임이잖아?'

선수 생활을 하며 지겹게 했던 게임 스페이스 크래프트와 무척 유사했다.

단, 스페이스 크래프트는 인류·괴물·신족뿐인데, 72악마군주의 서열전은 선택할 수 있는 종족이 5가지나 된다. 그만큼 고려해야 할 점도 많다는 뜻이었다.

이신이 말했다.

"휴먼을 택하겠습니다."

"같은 인간이 익숙하신가 봐요."

"뭐, 그렇기도 합니다."

선수 시절, 이신의 주 종족은 인류.

이곳에서 휴먼은 인간을 뜻하니 가장 느낌이 비슷하겠지 싶었다.

"하지만 휴먼은 너무 약해서 거의 안 하는 종족이에요."

"일단 하나씩 다 해보겠습니다."

"좋아요. 저는 마물을 택하죠."

그렇게 해서 게임, 아니, 전쟁이 시작되었다.

이신의 첫 상대는 바로 그레모리였다.

*   *   *

이신은 주변 지형을 살폈다. 절벽이 담장처럼 일대를 둥글게 감싸고 있었다. 한가운데에 뚫려 있는 작은 통로가 바깥과 연결된 유일한 출입구.

이신은 헐벗은 인간 4인과 함께 있었다. 그들 앞에는 커다란 건물 한 채도 보였다.

건물을 응시하자 이신의 뇌리로 메시지가 각인되었다.

[사령부 : 노예를 소환하고 노예가 채집한 마력을 보관하는 건물입니다.]

'노예?'

그제야 이신은 헐벗은 4인의 인간을 바라보았다.

그들은 주춤주춤 이신의 눈치를 보고 있었다. 그중 한 사내가 조심스럽게 말했다.

"저, 저기, 계약자님."

"응?"

'말도 해?'

이신은 깜짝 놀랐다.

그랬다. 게임과 비슷해도 이건 엄연히 현실. 그들은 유닛이 아닌, 살아 움직이고 생각하고 말하는 자들이었다.

"마력을 채집할까요? 가장 먼저 그걸 해야 하는데……."

"아, 그럴까."

그때, 머릿속에 다시 설명이 이어졌다.

[노예 : 마력과 철광석을 채집, 건물을 짓기도 합니다.]

[노예를 비롯해 모든 인간과 건물은 이신 님과 텔레파시로 정신이 연결되어 있습니다. 마음속으로 명령을 내릴 수 있습니다.]

'설명이 친절하군.'

설명 메시지대로 이신은 노예들에게 지시를 내렸다.

'마력을 채집해라.'

그러자 노예들이 사령부 근처에 있는 검정색 돌덩이 8개를 향해 달려갔다.

노예들은 힘든 표정이었지만, 그런 얼굴 표정과 상관없이 돌덩이를 두들겨 깨서 조금씩 사령부로 운반했다.

'저게 마력석이구나.'

어쨌든 같은 사람이 자신의 명령으로 힘들게 일하는 걸 보니 기분이 썩 좋지 않았다.

[마력 : 38]

노예들이 마력석을 사령부에 나를수록 숫자가 오르기 시작했다.

'그래, 게임이다. 이건 게임이야.'

이신을 마음을 비우고 다시 플레이에 집중했다.

사령부를 응시하자 다시 메시지가 나타났다.

[마력이 50을 넘기셨습니다. 사령부에서 노예를 소환할 수 있습니다. 소환하시겠습니까?]

"소환한다."

[노예를 소환합니다. 소환에 시간이 걸립니다.]

노예는 정확히 13초 만에 소환되었다.

전장에 소환된 나이 든 사내는 주위를 둘러보며 믿겨지지 않는다는 표정을 지었다.

"너도 마력을 캐라."

"어엇?!"

나이 든 사내는 갑자기 자기 몸이 멋대로 움직이자 화들짝 놀랐다.

마력석을 채집하던 노예들이 한마디씩 한다.

"이번에 처음 소환됐나 보군."

"당황하지 말고 열심히 일해. 계약자님께 폐가 되지 않도록 말이야."

그제야 나이 든 사내도 상황 파악을 했는지 그들과 함께 묵묵히 마력을 채집한다.

'그들의 의지와 상관없이 내 뜻대로 움직이게 할 수 있는 거구나.'

그 점은 확실히 게임 같았다.

이신은 마력이 모일 때마다 노예를 소환해 마력 채집에 열을 올렸다.

그렇게 노예가 13명으로 늘었을 때였다.

'이제 슬슬 다른 걸 만들어볼까?'

[노예를 시켜 건물을 지을 수 있습니다.]

[가장 처음 만들 수 있는 건물은 병영으로 150마력이 필요합니다.]

이신은 150마력이 모였을 때 노예 한 명을 지목해 병영을 건설하게 했다.

건물을 짓기 시작하자 노예는 갑자기 전광석화처럼 빠르게 움직이기 시작했다.

'뭐지?!'

이신은 깜짝 놀랐다. 거의 눈에 안 보일 정도로 빨리 움직이지 않은가.

그러면서 건물이 조금씩 올라가니 신기할 따름이었다.

'정말 게임 같잖아?'

정말 살아 있는 인간으로 하는 게임이라는 것이 꺼림칙했지만, 그런 양심의 가책과 별개로 이신은 점점 흥미를 느꼈다.

하지만 병영 건설이 막바지에 이르렀을 때였다.

[적이 나타났습니다!]

'뭐?'

이신은 놀라 주위를 둘러보았다.

정말로 입구 부근에서 검정색 개 한 마리가 나타났다.

[헬하운드 : 전투에 쓰이는 마물입니다. 가장 약한 전투형 마물이지만 속도가 매우 빠릅니다. 50마력에 2마리씩 소환할 수 있다는 장점이 있습니다.]

검은 개는 기웃거리며 이신의 진영을 살폈다.

'정찰이군.'

헬하운드는 다시 출입구를 통해 밖으로 빠져나갔다.

이신은 아차 싶었다.

'나한테는 전투에 쓸 유닛이 없어!'

그걸 그레모리도 헬하운드 정찰을 통해 확인했을 터였다.

그렇다면 다음에는?

이신은 마력 채집 중인 노예들 중 하나를 지목했다.

"그 개를 쫓아가!"

공교롭게도 아까 어리바리하던 나이 든 사내였다.

나이 든 사내는 자신의 몸이 또 멋대로 움직이자 당황했다. 하지만 곧 굳은 얼굴로 소리쳤다.

"시, 시키시는 대로 하겠습니다! 맡겨주십시오!"

그러고는 헬하운드가 떠난 출입구로 달려 나가는 것이었다.

죽을지도 모르는 명령을 내렸음에도 원망하지 않고 오히려 충실히 따르려 하는 모습이 이상하게 느껴졌다.

아니, 이곳에 소환된 노예들 모두 그랬다.

충실하고, 헌신적이고, 무엇보다 이신에게 잘 보이려 하고 있었다.

'여기 소환된 인간들은 지옥에 있던 자들이라고 했지?'

이신은 쉽게 유추할 수 있었다.

지옥으로 다시 돌아가고 싶지 않아 자신을 따르는 것이라는 걸.

'나에게 뭔가 그들을 구제할 수 있는 권한이 있는 모양이군.'

일단 참고해 두기로 했다.

아무튼 이신은 황급히 상대의 공격에 대처했다.

"병영을 건설해! 저곳에다가!"

"네!"

또 다른 노예가 출입구로 달려갔다. 그곳에 병영을 건설하니, 그렇지 않아도 좁은 출입구가 더 좁아졌다.

건물로 길목을 좁게 해 방어에 용이하게 하기 위함이었다.

그러는 사이, 헬하운드를 쫓아 달리던 나이 든 사내 노예는 바깥 상황을 계속 이신에게 알리고 있었다.

신기하게도 멀리 떨어져 있어도 텔레파시를 통해 그가 보고 듣는 것이 이신에게 고스란히 전달되었다.

멀리서 5마리의 헬하운드가 달려오는 게 보였다.

정찰을 마치고 달아나던 헬하운드까지 총 6마리였다.

'온다!'

헬하운드 6마리가 정찰을 온 노예에게 거칠게 덤벼들었다.

"으아악!"

노예, 나이 든 사내는 한순간에 비참하게 물어 뜯겨 죽었다.

"……!!"

이신은 너무 놀라 심장이 멎을 뻔했다. 정말로 사람이 죽었다. 게임이 아닌, 진짜 전쟁이었다.

그때, 처음 짓기 시작한 병영이 완공되었다.

[병영 : 궁병·창병·방패병을 소환할 수 있는 건물입니다.]

[필요한 건물을 짓지 않아 창병·방패병은 소환할 수 없습니다.]

[궁병을 소환할 수 있습니다. 궁병을 소환하려면 50마력이 필요합니다.]

"궁병 소환."

[궁병을 소환합니다. 50마력이 소모됩니다.]

"노예도 1명 소환한다."

[사령부에서 노예 1명을 소환합니다. 50마력이 소모됩니다.]

이신은 마력을 채집하던 노예들 중 4명에게 지시했다.

"스크럼을 짜서 입구를 막아."

노예 4명은 입구 쪽으로 뛰어갔다.

아직 건설 중인 병영으로 좁혀진 출입구가 노예 4명으로 인해 완전히 막혀 버렸다.

그때, 반가운 소리가 잇달아 들려왔다.

[궁병이 소환되었습니다.]

[병영이 완공되었습니다.]

"오오, 전장이구나!"

소환된 궁병이 소리를 지르며 좋아했다. 궁병은 뺨의 칼자국이 인상적인 장년 사내였다.

"여긴 아스테이아구만. 어? 계약자님이십니까?"

"그렇다."

"명령만 내려주십시오!"

쾌활한 만큼 다소 걸렁걸렁해 보였던 장년 사내가 대뜸 정중하게 돌변했다.

"적이 온다. 막아라. 노예들이 막고 있으니 뒤에서 활을 쏘면 돼."

"알겠습니다!"

마침내 헬하운드 6마리가 나타났다.

"크르릉!"

"크르르르!"

"싸워! 입구를 지켜라!"

노예 4명과 헬하운드 6마리가 치고받고 싸우기 시작했다.

물론 맨손인 노예들은 흉측한 이빨을 가진 헬하운드를 당해내지 못했지만 사력을 다해 몸부림을 치며 저항했다.

"크악! 이 새끼들!"

"개새끼들이!"

"죽어, 젠장!"

그러는 사이에 뒤에서 궁병이 활을 쏘기 시작했다.

쉬익― 파악!

"캥!"

궁병이 쏜 화살이 헬하운드의 몸에 박혀들었다. 하지만 그 헬하운드는 죽지 않고 노예 1명의 목덜미를 물어뜯었다.

궁병이 또 쏜 화살이 목에 틀어박혔고, 옆에 있던 노예가 손으로 눈알을 후볐다.

"캐앵―!"

비로소 헬하운드 1마리가 죽었다.

하지만 이쪽도 노예 1명이 희생됐고, 다른 노예들도 피투성이.

이신은 급히 병영 건설을 했던 노예 2명도 싸움에 투입시켰고, 병영 2개에서 궁병을 계속 소환했다.

치열한 싸움이었다. 온몸으로 헬하운드들을 막던 노예들이 하나둘 죽었다.

그때마다 마력 채집을 하던 노예를 추가로 싸움에 투입한 이신이었다.

"으아악!"

그렇게 노예 4명을 희생하고서야 헬하운드 6마리를 막을 수 있었다. 궁병이 추가로 2명 더 소환된 덕분이었다.

추가로 헬하운드 2마리가 더 공격해 왔지만 간신히 버텨냈다.

'이렇게 막기 어렵다니.'

이신은 궁병의 활 공격이 생각보다 약해서 실망했다.

활이 조악한 건지, 마물답게 헬하운드의 가죽이 두꺼운 건지 알 수 없었다.

"이겼다!"

"아자!"

궁병 4명과 살아남은 노예 2명이 함성을 질렀다.

이신은 일단 살아남은 노예 2명도 다른 노예들처럼 마력 채집 장으로 돌려보냈다.

그리고 곰곰이 생각했다.

'이쪽 피해는 노예 4명. 그레모리 님은 헬하운드 8마리.'

헬하운드는 50마력에 2마리씩 소환되니, 양측 다 200마력을 소모한 셈이었다.

하지만 엄밀히 따지면 이신의 피해는 그보다 훨씬 컸다.

노예가 생산 유닛이라는 점.

많은 노예를 싸움에 투입하느라 마력 채집을 시키지 못했고, 지금도 희생된 노예 4명만큼 마력 채집이 늦어졌다.

'그래도 벌써 헬하운드 8마리가 나타난 건 이상하다.'

프로게이머로서의 감각이 묘한 촉을 주었다.

마침 두 병영에서 궁병 2명이 더 소환된 상태였다.

"궁병 6명과 노예 4명은 공격에 나서라!"

명령을 내리자 전 병력인 궁병 6명과 일하던 노예 4명이 저절로 출발했다.

진영을 떠나 출입구 밖으로 나서는 병력들.

아직 그레모리의 진영이 어디인지는 확인 못 했지만, 이신은 짐작하고 있었다.

[제1전장 아스테이아의 시작 지점은 네 군데, 11시·1시·5시·7시

지역입니다.]

　[이신 님의 진영은 11시 지역입니다.]

　'7시군.'

　정찰을 내보내서 헬하운드들에게 가장 먼저 살해된 노예 덕분에 알게 된 사실이었다.

　그때 헬히운드 5마리는 7시 방면에서 달려왔었다.

　　　　　*　　　　　*　　　　　*

　직접 마물 종족을 지휘하던 그레모리는 깜짝 놀랐다.

　[적이 나타났습니다!]

　'뭐?'

　그레모리는 자신이 역습을 받았다는 사실에 깜짝 놀랐다.

　아까의 공격으로 피해를 입혔으니 방어에 치중하며 좀 더 서열전에 대해 공부할 거라고 생각했던 그녀였다.

　그런데 난데없이 반격이라니?

　'상관없어. 휴먼의 궁병은 약하니까.'

　그녀도 지금은 마력 채집에 신경 쓰던 터라 헬하운드가 두 마리밖에 없었다.

　하지만 지금이라도 헬하운드를 소환하고, 그동안은 마력을 채집하는 클로들을 동원해 방어하면 충분하다고 판단했다.

　그러나 적은 궁병 6명에 노예 4명도 포함되어 있었다.

　'노예까지?!'

노예 4명이 앞에서 스크럼을 짜서 길을 막고, 궁병 6명이 뒤에서 활을 쐈다.

정교한 전술로 그레모리의 진영을 휘젓는 이신의 병력.

심지어, 노예 한 명이 그 자리에서 화살탑을 건설하기 시작했다.

[화살탑 : 휴먼의 방어건물. 안에 궁병 4명이 들어가 화살을 쏠 수 있습니다.]

적 진영 한복판에 화살탑을 짓다니! 이런 경험은 처음인 그녀였다.

화살탑이 완공되었을 때, 살아남은 이신의 병력은 궁병 2명과 노예 1명. 궁병 2명은 화살탑에 들어가려 했다.

"안 돼! 막아!"

때마침 소환된 헬하운드 6마리가 일제히 달려들었다.

"으아아! 이 새끼들아!"

단 하나 살아남은 노예가 고함을 지르며 앞길을 막았다.

"무시해!"

그레모리가 버럭 소리 질렀다.

하지만 노예는 악을 쓰며 헬하운드들의 앞을 막아섰다.

"크르릉!"

우득!

"껙!"

노예는 그대로 목이 뜯겨져 나가 즉사했다.

하지만 노예의 투혼으로 약간의 시간이 벌어졌다.

아주 약간의 시간이었다.

궁병 2명이 화살탑 안에 들어가기에 충분한 시간이었다.

화살탑에서 궁병들이 화살을 쐈다. 하필이면 화살탑이 지어진 곳이 마력석 근처였다.

화살탑에서 날아오는 화살로 인해 마력 채집이 불가능해졌다. 우연이라 하기에는 지나치게 공교로웠다.

'계산된 작전이야!'

고작 첫 모의전임에도 그레모리는 오싹함을 느꼈다.

하지만 동시에 벅차오르는 희열을 느꼈다.

자신이 계약자를 아주 잘 골랐다는 확신이었다.

*　　　*　　　*

[악마군주 그레모리 님께서 패배를 선언하셨습니다. 이신 님의 승리입니다.]

[모의전이므로 마력과 서열의 변동은 없습니다.]

'이겼다.'

이신은 주먹을 불끈 쥐었다.

파앗!

이윽고 그의 몸이 다시 어디론가 소환되었다.

소환된 곳에서 그레모리가 웃는 얼굴로 기다리고 있었다.

"정말 훌륭하세요,"

"운이 좋았습니다."

"그렇게 정교하게 맞아 떨어지는 운이 어디 있겠어요? 정말 처음 해본 게 맞는지 의아스러워요."

"감사합니다."

계속된 칭찬에 이신도 기분이 좋아졌다.

"그런데 어째서 역습을 할 판단을 하셨어요?"

"제가 막 병영을 완공했을 때 이미 그레모리 님께선 헬하운드 6마리를 데리고 있었습니다."

"그랬죠."

"즉, 초반에 마력을 쥐어짜 기습 공격에 투자하신 겁니다. 맞습니까?"

"맞아요."

"그럼에도 완전히 승부를 보시지 않고 공격을 중단하셨지요. 헬하운드가 더 있었다면 공격을 계속하지 않았을 리가 없지요."

"그래서 제게 전투용 마물이 없다는 걸 아시고 역습을 생각하셨군요?"

"예, 승부를 더 길게 보고 마력 채집에 집중하신 거라고 짐작했습니다. 아마 초보자인 제가 보다 서열전에 대해 잘 알아가게끔 배려하셨던 거겠지요?"

"어머, 그런 점까지 역이용하셨군요? 정말 못됐어요!"

"칭찬으로 듣겠습니다."

그렇게 그레모리의 칭찬으로 승리를 장식하면서, 이신은 생각했다.

'정말 못한다.'

아무리 그래도 초보자인 자신에게 지다니…….

"어머, 방금 무례한 생각 하셨죠?"

그레모리가 대뜸 지적했다.

"그렇지 않습니다."

이신은 즉시 철판을 깔고 거짓말을 했다. 그레모리는 의심스럽다는 듯 눈이 가늘어졌는데, 그 모습조차 매력적이어서 가슴이 두근거렸다.

"흠흠, 그보다 여쭙고 싶은 게 있습니다."

"호호, 물어보세요."

"전장에서 소환되었던 사람들은 어떻게 되는 겁니까?"

"가여우신가요?"

"…예."

"후훗. 착한 분이시네요."

"제가 착하다고 생각해 본 적은 없지만, 그래도 같은 사람으로서 조금 마음에 걸렸습니다."

"호호, 전에 말씀드렸듯 그들은 본래 지옥에서 고통받던 자들이에요. 지옥에 비하면 전장에 소환되어 당신의 명령을 받는 건 훨씬 행복한 일일 거예요. 게다가 공적을 세우면 포상으로 휴식도 주어지죠."

제3장
서열전

"그래서 헌신적으로 싸웠군요."

"당연하죠. 싸우다 죽든 끝까지 살아남든 서열전이 종료되면 다시 지옥에 돌아가는 건 매한가지죠. 그러니 어떻게든 공적을 세워 휴식을 받고 싶은 거예요."

왜들 그렇게 적극적이고 협조적이었는지 비로소 알게 된 이신이었다.

하지만 그렇게 해서 얻을 수 있는 게 겨우 잠깐의 휴식이라니.

"그들은 영원히 지옥에서 벗어날 수 없습니까?"

"없지는 않아요."

그레모리가 설명했다.

"이신 님께서 전장에서 인간을 소환할 때 특별히 원하는 사람을 지명할 수도 있어요. 그래서 다들 이신 님께 눈도장 찍고 싶어 어필했을 거예요. 눈에 들면 앞으로도 계속 지명 소환될 수 있으니까요."

그랬다.

다들 어떻게든 자신의 가치와 충성을 보여주려 했다.

"그렇게 자주 전장에 소환돼 일정 수준 이상의 공적을 쌓으면 지옥에서 해방돼 마계 주민으로 승격되죠."

"그렇군요."

"하지만 그들은 지옥에 떨어질 만한 죄를 지었던 자들임 명심하세요."

"물론 알고 있습니다. 단지 경험 있고 요령도 좋았던 자들이 보여서, 그런 사람들은 기억해 두었다가 두고두고 쓰면 좋을 것 같습니다."

"그건 좋은 생각이에요. 하지만 설마 앞으로도 계속 휴먼만 고르실 생각인가요?"

"네."

"휴먼이 얼마나 약한 종족인지는 헬하운드들과 싸워 보고 충분히 아셨을 텐데요?"

"궁병 여럿이 헬하운드 하나를 죽이는 데 애먹더군요."

"그래요. 같은 인간이라고 공감이나 동정을 갖지 말고 강한 종족을 고르세요."

"같은 인간이라서가 아닙니다. 저는 휴먼이라는 종족의 강점을 발견했습니다."

"휴먼의 강점이요?"

"네."

"원하신다면 허풍이 아니라는 것을 증명하겠습니다. 모의전 상대가 계속 되어주시겠습니까?"

"좋아요. 휴먼이 얼마나 약한지 직접 체험시켜 드리죠."

그렇게 두 사람의 모의전은 계속되었다.

이신은 수차례 모의전을 계속하며 승리와 패배를 반복했다.

하지만 휴먼의 모든 유닛과 건물을 파악하자 더 이상 패배를 하지 않았다.

연거푸 패배한 하게 된 그레모리의 얼굴은 서서히 당혹으로 물들었다.

이신은 휴먼뿐만이 아니라 오크, 엘프, 드워프, 마물 등도 플레이해 보면서 다양한 각도로 서열전에 대해 공부했다.

무려 30판을 한 뒤에야 이신은 만족해했다.

"이제야 좀 서열전에 대해 알 것 같습니다."

"그, 그런가요?"

그레모리는 내리 30판의 모의전을 치러서 매우 피곤한 기색이었다.

30판 중 그녀는 단 7승밖에 건지지 못했다. 그마저도 아직 적응이 덜된 초반에 거둔 승리였다.

일단 서열전에 대해 충분히 알게 되자 그녀는 더 이상 이신을 이기지 못했다.

"다른 차원 공간에서도 연습을 해봐야겠습니다만……"

이신은 질려 버린 그레모리의 안색을 살피며 말을 이었다.

"일단은 여기까지 해두죠. 당장 도전이 오면 이곳 제1전장 아스테이아에서 맞이하죠."

"그, 그래요."

서열전에서 택할 수 있는 12가지 차원 공간은 제각각 지형적 특성이 다를 게 틀림없었다.

하지만 일단은 한 차원 공간이라도 완전히 파악한 것에 만족하기로 했다.

궁전에 돌아와 이신은 제1전장 아스테이아의 지도를 대충 그렸다.

그 지도를 들여다보며 전략·전술을 연구했다.

'가장 선호하는 종족이 마물이라고 했지?'

종족 선호도는 마물이 4할 이상이라고 했다.

나머지는 오크, 엘프, 드워프, 휴먼의 순으로 인기가 있다고 했다.

'4할 이상이 마물이라니, 요번에 도전을 해올 상급 마족도 주 종족이 마물이겠군.'

어쨌거나 이신은 여러 가지 상황을 가정하여서 전략을 수립하며 시간을 보냈다.

*　　　　*　　　　*

불과 며칠이 흘렀을 뿐이었다. 하지만 마침내 올 것이 오고야

말았다.

"72악마군주의 제72좌, 그레모리 님께 인사 올립니다."

핏기가 하나도 없는 새하얀 피부의 젊은 남자가 궁전을 방문했다.

정중하게 예를 갖췄으나 표정에는 자신만만한 기색이 가득했다.

옥좌에 앉은 그레모리는 남자를 바라보며 물었다.

"상급 악마 엘티마구나."

"예, 그레모리 님. 이제 때가 된 듯해 이렇게 찾아왔습니다. 저 상급 악마 엘티마는 감히 그레모리 님의 72좌에 도전하는 바입니다."

이신에게는 어서 군주 자리 내놓으라는 말투로 들렸다.

'벌써 다 이긴 것 같은 태도인데.'

72악마군주.

그레모리도 그렇고, 그 자리가 악마들에게는 정말 특별한 의미인 모양이었다.

'황병철이 저랬지.'

이신은 문득 자신의 맞수를 떠올렸다.

만년 2인자 황병철.

사실 본래 실력만 따지면 이신에게 그나마 대적할 수 있는 거의 유일한 프로게이머였다.

프로 팀 간의 친선 연습 게임에서도 황병철에 대한 승률은 60% 정도밖에 안 되었다.

이신에게서 40%의 패배를 안길 수 있다는 것은 실로 대단한 일이고, 황병철만이 그게 가능했다.

하지만 개인리그 결승전에서 마주쳤을 때, 황병철은 유독 흥분을 했었다.

목전에 놓인 번쩍이는 우승컵과 상금!

이신을 꺾고 e스포츠의 새로운 별이 되는 미래에 도취되고 말았다.

그 결과 5전 3선승제 시합에서 3연패. 세기의 명승부를 기대한 팬들에게 실망을 안겨주었다.

'미끼를 던져 주면 덥석덥석 물었으니까.'

조금만 승기가 보이면 당장 잡으려 드는 황병철의 조급함을 철저히 이용한 것이었다.

그 뒤로 황병철은 이신만 만나면 심리전에서 말리는 신세가 되었다. 만년 2인자의 탄생이었다.

왕좌에 군림하면서 그런 도전자를 수없이 만나본 이신은 상급 악마 엘티마에게서도 같은 냄새를 감지했다.

'생각보다 쉽겠는데.'

분위기에 잘 도취되는 상대. 이신이 가장 좋아하는 먹잇감이었다.

그레모리가 말했다.

"좋다. 마신께서 정하신 율법에 의하면 자격을 갖춘 자의 도전을 거부하기란 불가능하니까."

"마력은 얼마나 거시겠습니까?"

그렇게 묻는 엘티마의 목소리가 갈증에 잠긴 것 같았다.

그 순간, 이신은 과감하게 손가락 2개를 펼쳤다.

이를 본 그레모리가 즉각 답했다.

"2만 마력을 걸겠다."

"2만이요?"

엘티마의 눈에 이채가 띠었다. 자기 예상보다 많았던 모양이었다.

"진심이십니까?"

"내 말을 의심하느냐?"

"아뇨, 그럴 리가 있겠습니까. 좋습니다, 2만, 아주 좋습니다."

엘티마의 입가에 번지는 미소. 그레모리는 자신을 무시하는 엘티마의 태도에 눈살을 찌푸렸다.

그러는 동안에도 이신은 계속 엘티마의 표정을 살피며 심리를 분석하고 있었다.

'우리가 최저치인 1만을 배팅할 거라고 예상했나 보군.'

그보다 더 많이 배팅하자 좋아하는 눈치였다.

아무래도 그레모리는 연패의 늪에 빠져 모두에게 얕보이게 된 모양이었다.

"결전 장소는 제1전장 아스테이아다."

이신이 연습하고 분석한 유일한 전장. 다른 선택지가 없었다.

"좋습니다."

"그럼 당장 시작하자꾸나."

왕좌에서 일어선 그레모리는 옆에 서 있던 이신의 어깨에 손을 얹었다.

파앗!

두 사람의 신형이 사라졌다.

[악마군주 그레모리 님과 계약자 이신 님께서 제1전장 아스테이아에 도착하셨습니다.]

제1전장 아스테이아에 두 사람이 먼저 도착했다.

"자신이 있으신가요?"

그레모리가 물었다.

조심스럽게 1만, 자신 있으면 2만을 배팅하기로 사전에 약속했었다.

이신은 2만을 골랐고 그레모리는 시키는 대로 배팅했다.

하지만 진다면 그만큼 큰 마력을 잃는다.

"저런 유형의 적을 수없이 격파해 보았습니다."

"든든하네요. 하지만 반드시 이겨주셔야 해요. 저의 영토와 군단의 미래가 모두 당신에게 달렸어요."

서열 56위에서 끝없이 추락해 지금에 이른 그레모리.

끝내 악마군주의 지위마저 박탈당한다면 모든 걸 잃고 혈혈단신이 된다.

'그렇게 되면 나 역시 좋은 꼴을 못 당하지.'

패배하면 다시 그녀가 군주의 지위를 찾을 때까지 본래 세계로 돌아가지 못한다.

그뿐만이 아니었다.

계약에 따라 정지시켜 놓았던 본래 세계의 시간이 다시 흘러간다.

다시 돌아갈 때까지 이신의 육신은 계속 잠을 자고 있는 상태가 되리라.

'아주 난리가 나겠군.'

잠들어 깨어나지 않는 이신.

괴한의 습격으로 부상당해 은퇴해야 했던 일까지 더해져 비극의 주인공으로 언론에 오르내리리라.

그따위 비참한 꼴을 보이고 싶지 않았다.

하지만 그런 리스크를 안고 있으면서도 이신은 태연자약했다.

본래부터 승부에 대해 배짱이 두둑한 이신이었다.

[상급 악마 엘티마 님께서 제1전장 아스테이아에 도착하셨습니다.]

엘티마가 나타났다.

엘티마는 이신을 응시하며 씨익 웃었다.

"네가 그레모리 님의 새로운 계약자냐?"

"그렇다."

"그렇다?"

엘티마의 눈살이 찌푸려졌다. 한낱 인간이 악마군주를 목전에 둔 자신에게 너무 무례했다.

하지만 무슨 생각을 했는지 히죽거리며 이신에게 다가왔다.

"태도를 보니 자기 세계에서는 꽤나 대단했던 녀석이겠군. 악마군주의 계약자로 선택됐다면 그 정도는 되어야지."

"쓸데없는 잡담은 용납하지 않겠다."

그레모리가 단호하게 대화를 잘랐다.

"예, 실례를 했습니다."

엘티마는 히죽거리며 물러났다.

그레모리는 이신에게 경고했다.

"저자는 통칭 '거짓을 간파하는 엘티마'입니다. 상대의 거짓말을 간파하므로 어떤 말도 하지 말고 물음에도 대답하지 마십시오."

"거짓을 간파한다?"

그레모리가 몸을 치유해 주었듯, 엘티마도 상급 악마답게 특별한 재주가 있는 모양이었다.

그런데 이신은 무슨 생각이 들었는지 엘티마에게 다가갔다.

그레모리가 말릴 틈도 없었다.

"거짓을 간파하는 재주를 지녔다고?"

"그렇다, 건방진 인간."

"그럼 이것도 거짓인지 간파해 보아라."

이신은 엘티마의 눈을 똑바로 바라보았다.

악마군주를 목전에 둔 상급 악마와 대면하고서도, 이신은 조금도 겁내지 않았다.

"나는 이 같은 싸움에서 일만 번 넘게 이겨보았다."

"뭣?"

엘티마의 얼굴에 처음으로 당혹이 어렸다.

"넌 나한테 진다. 난 아주 확신한다."

"……!"

이신은 차갑게 웃었다.

"말해봐. 내가 거짓말을 하고 있나?"

"거, 거짓말……!"

공황에 빠진 엘티마.

거짓을 간파하는 자신의 능력을 의심했다. 상대의 저 말은 거짓이 아니었기 때문이다.

'뭐, 선수 시절에 하루에 수십 판씩 연습 게임을 했으니 거짓말이 아니지.'

아무튼 기선 제압을 해놨으니 이 정도면 충분했다.

72악마군주라는 지위에 대한 갈망.

그리고 방금 전에 느낀 위협.

이 두 가지가 합쳐져 조급함이 될 것이다.

이신은 휙 등 돌려 그레모리에게 돌아갔다.

"시작하고 싶습니다."

"알았어요."

[악마군주 그레모리 님과 상급 악마 엘티마 님의 서열전입니다. 전쟁의 승패가 서열과 마력에 영향을 줍니다. 마력은 4만이 배팅됩니다.]

[마력 4만이 마력석이 되어 전장에 유포됩니다.]

[종족을 선택해 주십시오.]

"휴먼."

이신이 먼저 말했다.

그러자 엘티마의 얼굴에 다소 안심한 기색이 나타났다.

잔뜩 긴장했다가 약한 휴먼을 골라서 다행이라는 눈치였다.

"마물."

엘티마의 선택에 이신 역시 피식 웃었다. 역시나 가장 선호한다는 마물을 골랐다.

점점 엘티마의 플레이 스타일이 머릿속에 그려지고 있었다.

'마물은 가장 공격적인 종족이지.'

방어보다 공격에 특화된 종족이었다. 그만큼 지휘자의 충동적인 결정이 가장 큰 영향을 끼치는 종족이었다.

'촉이 온다.'

느낌이 왔을 때, 이신은 한 번도 진 적이 없었다.

[서열전이 시작됩니다.]

[악마군주 그레모리 님의 계약자 이신 님과 상급 악마 엘티마 님께서 참전합니다.]

이신과 엘티마의 몸이 텔레포트되었다.

이신은 제1전장 아스테이아의 11시 지역에서 시작했다.

"오셨습니까, 계약자님."

"지시만 내려주십시오."

"열심히 일하겠습니다!"

처음 시작할 때 보유한 노예 4명이 인사했다.

"마력을 캐라."

이신의 지시에 노예 4명이 마력을 채집하기 시작했다.

그렇게 게임은 시작되었다.

*   *   *

'방금 그 말이 사실인가?'

엘티마는 혼란을 느꼈다.

악마도 아닌 인간이 일만 번을 싸웠다는 것도 말도 안 되고, 또한 그만큼 승리했다는 것도 이상했다.

하지만 상대는 거짓말을 한 게 아니었다.

'어쩌면 그레모리가 굉장한 놈을 계약자로 얻은 것일 수도 있겠어. 이럼 낭패인데.'

엘티마도 잔뼈가 굵은 악마였다.

약육강식의 마계에서 성장하여 끝내 악마군주의 권좌에 도전하기까지 수많은 고투를 치러보았다.

엘티마는 상당히 신중하게 지금의 도전을 기다려 왔다.

가장 약세를 보이는 악마군주 그레모리가 최하위로 떨어질 때까지 기다렸고, 새로운 계약자를 맞이했다는 소식을 듣자마자 도전했다.

새로운 계약자가 아직 서열전에 대한 경험을 쌓기 전에 승부에 나선 것!

그랬기에 엘티마로서는 조금 전까지 자신의 승리를 확신하고 있었다.

하지만 아까의 계약자 이신과의 대화를 통해 불안함이 스멀스멀 피어 올라왔다.

'살아생전 이름을 떨쳤던 인간 영웅들은 이미 상위 서열의 악마군주들이 계약자로 데려가 버렸을 텐데. 아직도 그런 굉장한 인간이 남아 있었다니.'

다행히 아직 엘티마의 계획이 무너진 건 아니었다.

불과 며칠 전에 계약자가 된 인간이다.

인간 세계에서는 얼마나 위명을 떨친 명장이든, 마계의 서열전은 방식이 전혀 다르니까.

패기와 재능은 인정하지만, 아직 서열전에 있어서는 미숙할 터였다.

'약해 빠진 휴먼을 택하다니, 아직 미숙하다는 증거다.'

같은 인간을 지휘하는 편이 그나마 익숙했던 것이리라.

'이건 네놈이 알던 전쟁과는 전혀 다르다. 그걸 보여주마.'

이신은 휴먼의 단점을 아주 잘 알고 있었다.

초반에 너무 약했다. 정확히는 궁병이 약했다. 궁병이 가진 활과 화살이 너무 조악하고 제대로 된 방어구도 없었다.

같은 50마력으로 두 마리씩 소환할 수 있는 헬하운드도 일대일로 싸워 이길 수 없으니 말이다.

때문에 초반에 병력을 빨리빨리 생산할 수 있는 마물과의 상성이 좋지 않았다.

그런 마물을 4할가량의 악마군주가 선호한다니, 휴먼이 약하다고 인식될 만했다.

초반에 취약한 만큼 화살탑 같은 방어 시설에 투자해야 하는데, 만약 상대가 공격해 오지 않는다면?

그럼 방어에 쓸데없이 헛돈을 쓴 셈이다. 헛돈을 쓴 만큼 시간이 흘러도 여전히 불리해진다.

하지만 이 서열전 시스템을 만든 이는 그냥 게임 개발자도 아니고 무려 마신(魔神)이었다.

종족간의 불공평함이 있을 리 없었다. 이신은 실제로 수많은 모의전을 통해 휴먼의 강점을 확인했다.

'일단 정찰이다.'

상대에게 공격 의사가 있는지 확인하려면 정찰에 더 신경 쓰는 수밖에 없었다.

'너, 그리고 너. 정찰을 가라. 각각 7시와 11시다.'

"옛!"

"맡겨주십시오!"

마력석 채집장에서 일하던 노예 두 명이 즉각 움직였다.

그중 하나는 공교롭게도 일전에 모의전에서 가장 먼저 죽었던 그 나이 든 사내였다.

영원한 지옥의 고통에서 탈출할 수 있는 유일한 길은 서열전에서 공을 세우는 것.

때문에 나이 든 사내는 목숨을 바쳐서라도 활약하고 싶어 했다. 이곳 전장에서 죽어도 다시 지옥에 돌아갈 뿐이라 목숨을 아까워할 이유가 없었다.

노예들이 정찰에 나서자 이신은 즉각 병영을 출입구 쪽에 지었다. 출입구가 병영에 막혀 70%가량 폭이 좁혀졌다.

첫 생산된 궁병은 출입구 앞에 배치해서 적이 오는지 경계를 서도록 했다.

"맡겨주십쇼!"

전에도 소환됐었던 장년 사내는 쾌활하게 대답하며 나섰다.

이신은 궁병을 계속 소환하면서, 막 소환된 노예에게 다시 병영을 건설케 했다.

이번에도 출입구에 짓게 했다.

그 결과 두 개의 병영이 교차되어서 출입구 통로가 지그재그로 휘어진 모양이 되었다.

'이만하면 헬하운드가 많이 몰려와도 어떻게 막겠군.'

이신이 경험한 헬하운드는 빠르지만 멍청했다.

출입구를 이렇게 S모양으로 휘어놓으면 우왕좌왕하며 궁병들의 화살 세례에 당할 터였다.

그때였다.

[적을 발견했습니다!]

정찰 보낸 두 노예 중 한 명이 적진을 발견했다.

운이 좋은 건지, 이번에도 나이 든 사내였다.

적은 출입구 바깥쪽에 있는 또 다른 마력석 채집장에 마법진을 만들고 있었다.

[마법진 : 마물을 소환하는 마법진. 채집한 마력을 저장하기

도 하는 마물 종족의 기본적인 건물입니다. 마물을 한 번에 세 마리씩 소환할 수 있으며, 마법진을 짓는 데 300마력이 필요합니다.]

마법진을 열심히 그리고 있는 손바닥 모양의 괴물은 바로 마물 종족의 생산 유닛인 클로였다.

[클로 : 마력을 채취하고 마법진이나 건물을 짓기도 합니다. 날카로운 손톱으로 할퀼 수도 있으나 공격력은 보잘것없습니다.]

'확장 기지를 건설했구나.'

상급 악마 엘티마는 마력 확보에 주력한 듯했다.

시작부터 본진과 바깥쪽 두 군데에서 마력을 채집할 계획이니 말이다.

그렇다면 당장은 헬하운드가 많지 않다는 뜻이었다.

'내가 방어에 주력할 거라고 생각했군.'

이신이 방어에 투자하는 동안 자신은 마력 확보에 투자해 더 많은 마력으로 압도적인 병력을 모을 생각일 터였다.

일단 더 확인이 필요했다.

"본진 안으로 들어가 봐."

나이 든 사내는 시키는 대로 출입구를 통과해 엘티마의 본진에 들어섰다.

싫어도 명령대로 따를 수밖에 없지만, 나이 든 사내는 의욕적이었다.

역시나 이신의 생각대로였다.

헬하운드는 고작 두 마리밖에 없었다.

클로들만 득시글거리며 마력석을 채집 중이었다.

헬하운드 2마리가 나이 든 사내를 쫓아왔다.

"달려! 계속 본진을 둘러보면서 뭘 하고 있는지 확인해야 한다."

"으아아!"

나이 든 사내는 그야말로 꽁지 빠지게 달리며 엘티마의 본진을 돌아다녔다.

그러는 동안, 이신은 병영을 추가 건설해 총 3병영에서 궁병을 쏟아냈다.

정찰 보냈던 또 다른 노예는 엘티마의 진영 근처에 세워 놓아서 혹시나 공격을 해오면 포착할 수 있게 해뒀다.

'본진 플레이라니, 굉장히 클래식한 스타일로 싸우게 됐군.'

나이 든 사내는 제법 잘 도망치며 엘티마의 본진 상황을 알려주었다.

덕분에 이신은 승부의 타이밍을 잡을 수 있었다.

인류는 후반에 가면 강해진다.

엘티마는 후반으로 넘어가기 전에 대규모 공세를 펼칠 요량이었다. 하지만 이신은 그보다 한 템포 먼저 공격을 할 생각이었다.

'내가 궁병을 주력으로 쓸 거라고는 생각 못 하겠군.'

이신은 이어서 대장간을 건설했다.

[대장간 : 병영에서 소환되는 병력에게 무기와 방어구를 제공하는 시설입니다. 대장간이 생기면 창병과 방패병을 소환할 수 있습니다.]

대장간이 건설되자 이신은 병영을 추가한 뒤, 창병과 방패병을 두 명씩 소환하기 시작했다.

동시에 대장간에 또 다른 지시를 내렸다.

'무기 개발!'

[대장간에서 무기 개발을 시작합니다. 궁병, 창병, 방패병에게 더 좋은 무기가 제공됩니다.]

엘티마의 본진을 정찰하던 나이 든 사내는 끝내 죽고 말았다.

하지만 상당히 오랫동안 살아서 정찰을 해주었으니, 이번 서열전의 수훈 갑이라 할 수 있었다.

나이 든 사내는 정찰로 엘티마가 짓는 새로운 건물을 보여주었다.

[마룡의 제단 : 마룡에게 제물을 바치는 제단입니다. 마법진에서 마룡과 새끼 마룡을 소환할 수 있게 됩니다.]

'마룡이 쌓이기 전에 승부를 봐야겠군.'

때마침 4병영에서 창병 두 명과 방패병 두 명이 소환됐다.

궁병 16명과 합쳐서 총 20명의 병력이었다.

'공격!'

이신은 마력석 채집장에서 일하던 노예도 세 명을 대동시켰다.

그리고 엘티마의 진영 근처에 세워놓은 노예로 하여금 안에 들어가게 했다.

노예가 엘티마의 진영 안으로 뛰어들어가 상황을 알려주었다.

두 개의 마법진에서 막 무언가를 소환하려고 빛을 내고 있었다. 아마도 마룡이리라.

'달려라!'

이신의 명령대로 23명의 군대는 필사적으로 달렸다.

＊　　　　＊　　　　＊

[적이 나타났습니다!]

엘티마는 고개를 갸웃거렸다.

'아까도 노예 한 놈이 들어와 얼씬거리기에 즉시 죽였는데, 또?'

그런데 이번에는 정찰이 아니었다.

23명이나 되는 병력!

엘티마는 화들짝 놀랐지만, 이내 진정했다.

'하핫! 겨우?'

병력의 태반을 차지하는 게 나약한 궁병이었다. 창병도 방패병도 무기는 변변찮았다.

마룡 여섯 마리가 소환되면 손쉽게 쓸어버릴 수 있었다.

하지만 그때였다.

'아니?!'

갑자기 궁병, 창병, 방패병의 무기가 바뀌었다.

궁병은 석궁병이 되었고, 창병은 장창병이 되었다. 방패병의 원형 방패도 커다란 사각방패로 업그레이드되었다.

대장간에서 무기 개발이 완료된 결과였다.

상대는 무기 개발이 딱 완료될 때에 바로 싸울 수 있도록 타이밍을 재고 있다가 공격을 시도한 것이었다.

본진 밖의 마법진을 이신의 병력이 덮쳤다.

마력석을 마법진으로 나르던 클로들이 떼죽음당했다.

바깥쪽 마법진에서 막 마물 3마리가 소환됐을 때, 기다렸다는 듯이 16명의 석궁병이 볼트를 발사했다.

"끼에엑!"

"끼엑!"

삽시간에 두 마리가 죽었다. 엘티마는 악몽을 꾸는 기분이었다.

이신은 꾸준히 엘티마의 진영을 정찰하면서 타이밍을 쟀다.

상대가 가장 약하고 자신이 가장 강할 타이밍을 정밀하게 계산했다.

'그게 바로 지금이었지.'

엘티마가 막 마법진 2개에서 마룡 6마리를 소환했을 때였다.

조금만 늦어서 엘티마가 마룡 6마리 후에 헬하운드도 10마리 이상 뽑았다면 공격에 성공하지 못할 터였다.

계산된 타이밍으로 적진에 돌입한 병력은 곧바로 업그레이드된 무기로 공격을 시작했다.

바깥쪽 마법진에서 나타난 마룡 3마리가 순식간에 석궁병들의 볼트에 난자당해 2마리가 죽었다.

남은 1마리도 곧장 죽어버렸다.

바깥쪽 마법진까지 완전히 파괴한 이신은 병력을 엘티마 본진 안으로 돌입시켰다.

함께 딸려 보낸 노예들이 엘티마의 본진 앞에 화살탑 2개를 짓기 시작했다.

엘티마는 본진의 마법진에서 헬하운드 6마리를 소환했다.

한 번에 2마리씩 소환 가능한 헬하운드는 이런 때 유용한 전력이었다.

마룡 3마리와 헬하운드 6마리는 물론 클로들까지 일제히 동원되어 반격해 왔다.

그러나 이신은 이런 상황까지 계산되어 있었다.

'방패병 2명은 앞에서 버티며 시간 끌어라.'

'석궁병은 물러나며 볼트 사격으로 대응해라.'

'장창병은 우회해서 클로들만 집중 공격.'

정밀한 전술이 이루어졌다.

방패병이 앞에서 블로킹을 하고, 뒤에서 석궁병 16명이 주춤주춤 물러서며 볼트를 쐈다.

전술의 핵심 포인트는 장창병.

오른쪽으로 돌아간 장창병이 싸움에 동원된 클로들을 집중적으로 공격했다.

긴 장창은 클로들을 두세 마리씩 꿰었다.

"끼에엑!"

마룡이 독액을 뿜어 석궁병들에게 씌우고는 날아드는 볼트 세례를 피해 물러났다.

"크윽!"

"아악! 독이……!"

"참고 계속 쏴!"

석궁병들은 독기를 띠며 석궁을 계속 쏴댔다.

그리고 마침내,

[화살탑이 완공되었습니다.]

[화살탑이 완공되었습니다.]

'후퇴! 살아남은 석궁병들은 화살탑 안으로!'

살아남은 석궁병 7명이 화살탑 두 개에 들어갔다.

자기들 본진 앞에 건설된 화살탑 2개! 엘티마의 마물들은 어찌할 바를 모르고 망설이는 기색이 역력했다.

'이미 생산 유닛까지 대량으로 죽어서 미래가 없지.'

클로들을 대량으로 사살한 장창병 2명의 활약이 돋보인 전투였다.

이신은 여유 있게 지시를 내렸다.

'마지막 발악을 할 테니 전투태세를 갖춰라.'

예상대로 엘티마가 남은 병력을 전부 화살탑 2개를 향해 쏟아부었다.

꼴아 박았다는 표현이 더 어울렸다.

화살탑 안에서 쏘는 석궁병의 볼트에 마룡이 가장 먼저 죽어나갔다.

헬하운드도 몰살, 클로들까지 몰살되었다.

마법진에서 또 마물을 소환했는지 추가로 헬하운드 6마리가 나타났지만, 이신 또한 새롭게 소환된 석궁병 2명과 방패병 2명을 지원 보낸 뒤였다.

'끝내라.'

이신은 총공격을 명했다. 세부적인 전술은 필요 없었다.

[상급 악마 엘티마 님께서 패배를 선언하셨습니다. 악마군주 그레모리 님의 승리입니다.]

[악마군주 그레모리 님께서 마력 2만을 획득하셨습니다.]

"졌습니다."

상급 악마 엘티마는 새하얗던 얼굴이 칠흑빛으로 물들어 있었다.

"오늘은 나의 승리구나. 다음에 다시 도전하도록."

"예……."

엘티마는 이신을 빤히 쳐다보았다.

"인간."

"……?"

"원하는 것을 말하라."

"뭐?"

이신은 뜬금없는 엘티마의 말에 아리송한 표정이 되었다.

옆에서 그레모리가 설명해 주었다.

"인간이 악마를 이겼다는 건 특별한 의미를 가져요."

"그게 무슨 뜻입니까?"

"악마를 이긴 인간은 악마에게 원하는 바를 요구할 수 있어요. 서열전이라 해도 마찬가지죠."

"이길 때마다 소원을 요구할 수 있는 겁니까?"

"한 악마에게 하나씩 소원을 빌 수 있죠. 물론 이겨야 한다는 전제가 있지만요."

그건 처음 듣는 얘기였다.

'그럼 앞으로 1위까지 올라가면 총 71번이나 소원을 빌 수 있다는 뜻이군.'

놀란 이신은 스윽 엘티마를 응시했다.

"내게 무엇을 해줄 수 있지?"

사실 딱히 원하는 소원도 없었지만 그냥 물어보았다.

"나는 거짓을 간파하는 엘티마. 네게 거짓을 간파하는 능력을 줄 수 있다. 그리고……."

엘티마는 조금 머뭇거리다가 말을 이었다.

"내 마력의 일부를 네게 줄 수도 있다."

"마력을?"

"마력을 갖게 되면 보잘것없는 인간에서 악마로 승격되죠. 그것도 좋은 소원이에요."

엘티마는 자기 마력의 일부를 나눠주는 걸 굉장히 꺼리는 눈치였다. 악마에게 마력은 매우 소중한 의미인 모양이었다.

하지만 악마가 된다니 이신은 질색했다.

"그 거짓을 간파하는 능력이나 줘."

굳이 필요는 없지만 있으면 언젠간 좋게 쓸 수 있겠지 싶었다.

"알았다."

엘티마는 이신의 머리에 손을 얹었다.

파앗!

그의 손에서 흘러나온 검은 무언가가 이신의 머리로 스며들었다.

이윽고 엘티마는 손을 떼며 말했다.

"넌 이제 네 몸과 접촉한 상대의 말이 거짓인지 간파할 수 있다."

"꼭 접촉해야 하나?"

"그렇다. 고작 인간 주제에 내 능력을 온전히 펼칠 수 있을 리가 없지."

그 말만 듣고는 확신할 수가 없었다.

이신은 대뜸 그레모리의 손을 덥석 잡았다.

"뭔가 거짓말을 해보시겠습니까?"

그레모리는 눈웃음을 지으며 말했다.

"전 당신과의 계약을 지킬 생각이 없어요."

[거짓.]

머릿속에 그런 메시지가 떠올랐다.

"정말이군."

이신은 신기하다는 생각이 들었다.

"그럼 전 이만 가보겠습니다. 안녕히……."

상급 악마 엘티마는 처량한 모습으로 사라져 버렸다.

그레모리는 그제야 활짝 웃었다.

"우리가 이겼네요!"

"예, 자신 있다고 말씀드렸잖습니까."

"이렇게 승리한 게 대체 얼마 만인지 모르겠어요!"

"이제 익숙해지셔야 할 겁니다."

e스포츠 세계에서 수없이 싸워본 이신으로서는 미숙한 초보자와 싸운 기분이라 덤덤했다.

"정말 믿음직스럽네요."

오히려 그레모리의 칭찬에 이신은 쑥스러워했다. 그녀의 미모는 정말로 악마적이었다.

"앞으로도 잘 부탁드려요."

"맡겨주십시오."

그들은 제1전장 아스테이아에서 벗어나 마계로 돌아왔다.

그레모리의 궁전에 돌아오자마자, 약속대로 이신을 본래 세계로 돌려보내주기로 했다.

"한 가지만 기억하세요."

"무엇을 말입니까?"

그레모리는 돌연 이신의 손을 잡았다.

"전 당신과의 계약을 지킬 생각이 없어요."

그러자 이신의 머릿속에 메시지가 떠올랐다.

[???]

이번엔 참인지 거짓인지를 분간할 수가 없었다.

놀란 이신에게 그레모리가 웃어 보였다.

"악마군주는 엘티마처럼 만만한 상대가 아니에요. 앞으로의 서열전은 각오를 하셔야 해요."

"…명심하겠습니다."

"그럼 다시 보는 날까지 안녕히."

살포시 웃으며, 그녀는 차원의 문을 열어 이신을 보내 버렸다.

제4장
스카우트

"헉!"

몸이 어디론가 빨려 들어가는 기분과 함께 이신은 벌떡 잠에서 깼다.

주위를 둘러보았다.

대낮임에도 커튼을 쳐서 어두운 방 안. 침대와 PC와 이리저리 바닥에 벗어놓은 옷가지들······.

'돌아왔구나.'

이신은 잠시 의심했다. 혹시 꿈은 아니었을까?

다쳤던 오른쪽 손목을 이리저리 돌려본다. 아무런 통증 없이 원활하게 돌아간다.

이신은 가벼운 전율을 느꼈다.

안 아팠다.

정상으로 돌아온 손목. 게다가 구석구석 안 쑤시는 데가 없었던 몸이 개운했다.

악마군주 그레모리의 치유 덕분이었다.

그때였다.

똑똑똑.

"신아, 깨어 있니?"

어머니의 목소리였다.

"네."

"식사 놓고 갈 테니 가져가 먹으렴."

이신이 방에 틀어박히게 되면서 어머니는 식사를 방문 앞에 가져다주시곤 하셨다.

'이게 무슨 은둔형 외톨이 짓이지?'

길고 깊었던 절망에서 깨어나고 보니 스스로가 한심해지는 이신이었다.

이신은 방문을 열었다.

"시, 신아?"

어머니가 놀란 얼굴이 되었다. 오랜만에 모자가 상봉한 것.

이신은 어머니가 놓아둔 식판을 집어 들었다.

"같이 먹을게요."

"그, 그래. 같이 먹어야 좋지."

어머니는 감격한 얼굴이 되었다.

'그러게 왜 게임 같은 걸 했니?'

이신의 마음을 닫게 만든 결정적 한마디. 그 후로 죄인의 심정이었던 어머니였다.

이신이 방에서 나오자 어머니는 무척 기뻐하며 부엌으로 데려갔다.

식탁에는 신문을 읽고 있는 아버지가 보였다.

신문을 읽다 말고 이신을 본 아버지가 깜짝 놀랐다.

"나, 나왔구나."

"예."

이신은 식판을 식탁에 올려놓았다.

오랜만에 세 식구가 한 식탁에 앉았다.

아버지가 국을 떠먹자 이신도 식사를 시작했다.

"자, 이것도 더 먹으렴."

어머니는 이미 식판에도 많이 있는 고기산적을 척척 밥 위에 얹어주셨다.

"감사합니다."

이신은 묵묵히 식사했다. 그러면서 흘깃 아버지를 보았다.

아버지는 하고 싶은 말이 많은데 차마 입 밖에 꺼내지 못하는 눈치였다.

무슨 말이 하고 싶은지 이신은 알고 있었다.

'이제 뭘 할 생각이냐.'

'언제까지 그러고 있을 수는 없잖아.'

'이제라도 다시 대학에 가서 공부하면······.'

이신이 말했다.

"복귀하겠습니다."

"응?"

"뭐라고?"

어머니와 아버지가 동시에 놀랐다.

"그, 그렇게 다쳐 놓고 어떻게 복귀를 한다는 거니?"

어머니가 물었다.

이신은 문득 오른손에 들고 있는 포크를 바라보았다.

손 다친 이신을 위해 젓가락 대신 이걸 준 것이다.

거의 반년간 포크만 써왔기에 다 나은 지금도 자연스럽게 사용하고 있었다.

포크를 내려놓았다.

식기 보관함에서 젓가락을 꺼냈다. 한국인이면 누구나 그렇듯, 능숙하게 젓가락을 사용하기 시작했다.

"소, 손 나았니?"

어머니가 깜짝 놀라 물었다.

"방 안에서 아무것도 안 하고 틀어박혀 있던 건 아닙니다."

뻔뻔스럽게 표정 하나 안 바뀌고 둘러대는 이신이었다.

졸지에 이신은 완치가 불가능한 손을 노력으로 극복한 독종이 되었다.

"완전히 나은 것도 아니고 오래 쉬기도 했는데 복귀가 가능하겠느냐?"

아버지가 계속 반대했다.

"그리고 이제 네 나이도 스물다섯인데 게임은 그만둘 때도 되지……."

"애들이나 하는 짓이다 이겁니까?"

"……."

"여, 여보!"

싸늘한 침묵.

이신은 차가운 얼굴로 말했다.

"그래서 한 번도 응원하러 안 오셨군요. 우리 아들 게임 합니다, 얼마나 부끄러우셨을까?"

유서 깊은 교육자 집안에서 게임을 택한 이신은 오랜 가정불화의 근원이었다.

이신이 아무리 명성과 부를 쌓아도, 부유한 명가였던 집안에서는 인정해 주지 않았다.

"신아, 그런 뜻이 아니잖니. 아버지는, 그래, 그쪽 세계가 나이가 많으면 힘드니까……."

"그럼 어머니는 제가 게임을 계속해도 응원해 주실 겁니까?"

그러면서 이신은 재빨리 어머니의 손을 잡았다.

"그렇다마다. 네가 정 원하면……."

[거짓.]

이신의 표정이 얼음장처럼 싸늘해졌다.

"됐습니다."

이신은 잘라 말했다.

"굳이 아버지 어머니 한두 분쯤 절 무시한데도 상관 안 합니다. 이미 전 세계 팬이 저를 인정해 주니까요."

아버지가 얼굴을 붉혔다.

어머니는 둘 사이에서 어찌할 바를 몰랐다.

"조만간 독립하겠습니다. 제가 게임하는 모습, 이제 안 보셔도 됩니다."

식사를 마친 이신은 식판을 설거지통에 넣고 방에 들어갔다.

쾅!

방문이 거칠게 닫혔다.

부모님께 무례했다는 걸 알지만, 자신이 사랑하고 모든 걸 바친 일을 무시당하자 참기가 힘들었다.

'나도 아직 멀었구나.'

게임을 비웃는 기성세대의 시선 따위 신경 쓰지 않겠다고 결심했었는데, 아직도 극복 못했다.

아직 부모님께 칭찬받고 싶어 하는 어린 자식일 뿐이었다.

그래도 그를 다시금 기분 좋게 만드는 단 하나의 위안은 다시 게임을 할 수 있다는 사실이었다.

'이제 어떻게 할까?'

e스포츠 쪽 기자들에게 복귀를 선언하고 받아줄 팀을 물색해 볼까?

'아니야.'

이신은 고개를 저었다.

선수 생활이 불가능하다는 것이 알려지고서 연락을 뚝 끊은 프로 팀들.

입대 전까지 소속되어 있었던 친정팀에서조차 지난 반년 동안 찾아오지 않았다.

'괘씸한 놈들.'

누구 하나 찾아와서 걱정해 주며 코치라도 하지 않겠냐고 제안해 주지 않았다.

지금의 한국 e스포츠 시장이 이신 덕분에 성장한 점을 감안하면 보통 배은망덕한 게 아니었다.

본래 열악한 환경 속에서 나이 어린 선수들에게 열정페이만 강요하며 운영되던 한국 e스포츠였다.

그러다가 이신이 월드 SC 그랑프리에서 국내 최초로 금메달을 따자 비로소 대중의 관심이 시작되었다.

덕분에 시장이 커지고 선진적인 인프라가 구축되어 오늘날에 이르렀다.

지금 e스포츠에 몸 담아 먹고 사는 모든 관계자는 이신에게 고마워해야 했다.

'그럼에도 아직도 날 무시하는 두 분이 대단한 거지.'

부모님의 보수적인 사고방식도, 잘난 가문의 전통도 진절머리가 날 정도였다.

이신은 한 가지 결심을 하게 되었다.

'1개월만 더 기다려 보자.'

그 안에 자신을 찾아와 주는 프로 팀이 있다면 그곳에 가기로 마음먹었다.

　　　　*　　　　　*　　　　　*

　그리 오래 기다릴 필요는 없었다.

　때마침 프로리그 전반기 시즌이 거의 끝나고 이적 시즌이 다가오는 때였다.

　결심한 지 보름이 지났을 무렵, 한 팀에서 이신을 찾아왔다.

　"어서 오세요."

　"안녕하십니까, 어머님. 저는 MBS팀의 감독인 방진호입니다. 혹시 이신 선수는……."

　"방 안에 있어요."

　바깥에서 웬 장년 사내와 어머니가 나누는 대화가 들렸다.

　'방진호 감독?'

　의외였다.

　방진호 감독과 이신은 알아주는 앙숙이었다.

　프로 팀 간의 프로리그는 이긴 선수가 계속 다음 상대와 겨루는 연승제로 진행된다.

　데뷔 첫해, 이신은 선봉으로 나와 MBS팀 선수 5인을 혼자서 꺾는 올킬을 처음 기록했다.

　그리고 인터뷰에서 별로 힘들지 않았다고 말해 방진호 감독을 열 받게 만들었다.

　"이신 선수는 상대에 대한 예우부터 다시 배워라."

"죄송하다. 제가 너무 솔직했다."

그 뒤로 두 사람은 물론 이신과 MBS팀은 한국 e스포츠의 유명한 앙숙이 됐다.

양측이 만날 때마다 '이번에는 MBS팀이 설욕할 수 있을까?' 가 주요 관심사였다.

'피차 흥행을 위한 쇼맨십 차원이긴 했지만, 서로 얼굴 붉힌 건 사실이니까.'

그런 방진호 감독이 이렇게 개인적으로 찾아온 건 의외였다.

똑똑똑.

방진호 감독이 방문을 노크했다. 이신은 문을 열어주었다.

서로 얼굴이 마주쳤다.

단단한 체격에 콧수염을 멋지게 기른 방진호 감독은 검정색 슈트가 아주 잘 어울리는 삼십 대 후반의 사내였다.

이신 역시 큰 키와 균형 잡힌 이목구비, 잡티 없는 하얀 피부를 가진 타고난 미남.

미소년과 미중년의 앙숙 관계는 수많은 e스포츠 여성 팬들을 즐겁게 만들곤 했다. 두 사람이 함께 찍힌 사진은 바탕화면으로 미친 듯이 다운로드 되었다.

"듣던 것보다는 얼굴이 좋아 보이는데."

"햇볕을 안 받고 살아서 피부가 안 상했죠."

그제야 방진호 감독은 커튼이 쳐져 우중충한 방 안을 보며 눈살을 찌푸렸다.

성큼 다가가 커튼을 확 걷어버렸다.

쏟아지는 햇살에 이신은 살짝 눈살을 찌푸렸다.

"햇볕 좀 받고 살아. 이게 사람 사는 꼴이야?"

"나름 살 만합니다."

"빛을 안 보고 살면 정신이 점점 우울해지는 법이야."

"그렇더군요."

"……."

이신이 책상 의자를 가리켰다.

방진호 감독은 의자에 앉았고, 이신은 침대에 걸터앉았다.

"여긴 어쩐 일이십니까?"

"반년 간 계속 집에 틀어박혀 지냈다며?"

"예."

"폐인 새끼, 난 네가 언제쯤 집에서 기어 나올지 기다리고 있었다."

"언제쯤 걱정해 주는 인간이 한 사람이라도 찾아와 주나 싶었습니다."

"누굴 탓해? 엿 같은 네 싸가지를 탓해야지. 조금만 유들유들했어 봐라. 찾아와 주는 친구가 한 트럭이지."

그 점에선 할 말이 없었다. 이신은 매사가 지나치게 직설적이었다.

"친구, 그거 먹는 겁니까?"

"꼴통 새끼."

이신은 나직이 웃었다.

"손 봐봐. 어때?"

방진호 감독의 말에 이신은 오른손을 들어 엄지를 치켜세웠다. 그리곤 엄지를 아래로 향하게 했다.

올킬을 한 뒤에 늘 하던 도발이었다.

"이 새끼 정말⋯⋯."

방진호 감독이 인상을 썼다.

"그럭저럭 장애인 신세는 면했습니다."

"일상생활은 가능해?"

"예."

"게임은?"

"격렬한 컨트롤만 안 하면 대충 설렁설렁합니다."

"선수 생활 할 수 있어?"

"글쎄요."

당연히 할 수 있지만 이신은 얼버무렸다.

당장 선수로 복귀할 생각은 없었다. 게임에서 손 놓은 지 오래라 적응 기간이 필요했다.

성급히 복귀했다가 이류로 전락해 지난 명성에 먹칠할 생각은 없었다.

그런데 이신은 돌연 방진호 감독의 손을 움켜쥐었다. 방진호 감독은 깜짝 놀라 인상을 찌푸렸다.

"뭐야, 새꺄?"

"제가 걱정돼서 찾아왔습니까?"

"지랄, 누가 너 같은 놈을 걱정해."

[거짓.]

이신은 미친놈처럼 킬킬거렸다. 방진호 감독은 그런 이신을 미친놈 보듯 쳐다봤다.

기분 나쁘다는 듯 손을 뿌리치며 방진호 감독이 물었다.

"달리 뭐 하고 살 건지 계획은 있고?"

"있죠."

"뭔데?"

"MBS팀 코치요."

살짝 놀란 얼굴이 된 방진호 감독.

이신은 빙글거리며 웃고 있었다.

*   *   *

이신은 방진호 감독과 함께 반년 만에 집에서 나왔다.

MBS팀의 운영팀 사무실을 방문했다.

"이야, 이신 선수!"

중년의 배 나온 아저씨가 이신을 격하게 반겼다.

MBS팀의 단장 박상혁이었다.

"반갑습니다."

"얘기는 많이 들었습니다. 아, 정말 안타까웠어요."

"걱정 감사합니다."

"이렇게 이신 선수를 부른 이유는 여기 방진호 감독의 강력한 건의가 있었기 때문이에요. 아시나요?"

"몰랐습니다."

이신은 방진호 감독을 빤히 바라보았다.

방진호 감독이 말했다.

"화려한 컨트롤과 멀티태스킹, 피지컬에 가려졌지만, 이신은 전략적으로도 매우 우수한 선수였습니다. 코치로 기용한다면 우리 선수들에게 좋은 시너지가 있을 거라고 생각합니다."

"그래요, 그래. 그런데 손은 좀 어떠십니까?"

"많이 나았습니다. 적당히 마우스를 잡을 수는 있습니다."

"적당히, 군요."

"예, 적당히."

박상혁 단장과 이신의 눈이 마주쳤다.

"정말 실례인데, 혹시 선수로 복귀 가능성은 어떻습니까?"

"모르겠습니다. 상태를 좀 더 지켜봐야겠지요."

"흐음……."

박상혁 단장은 많은 고민이 생겼는지 심사숙고하기 시작했다.

이신은 여유 있게 소파에 앉아 나름대로 계산을 했다.

'얼마를 불러야 할지 생각 중이군. 내가 선수 복귀 가능성을 완전히 일축하지 않아서 생각이 복잡해졌겠지.'

박상혁 단장의 생각이 훤히 보였다.

그 점을 토대로 이신도 나름대로 연봉을 계산했다.

그리고 툭 내뱉었다.

"연봉 1억."

"예?"

놀란 박상혁 단장에게 이신이 말했다.

"연봉 1억에 1년 계약. 대신 선수 겸 코치로 계약하고, 결과가 신통치 않으면 재계약은 없는 걸로 하죠."

"하지만 코치 연봉으로 1억은 좀 많지 않은지……."

"월드 SC 그랑프리에서 한국은 금메달을 세 개 땄죠. 그 세 개가 누구 겁니까?"

"…그야 이신 선수 것이지요."

"그런 제 노하우가 연봉 1억도 안 된다고 말씀하고 싶으신 겁니까?"

이신의 말투가 까칠해지자 박상혁 단장은 진땀을 흘렸다.

"그렇지는 않습니다. 하지만 이런 전례도 없고, 코치로서의 이신 선수의 역량도 아직 검증이 안 된 관계로……."

"신지호는 요즘 어떻습니까?"

이신이 말을 끊었다.

"예? 아, 신지호 선수야 조만간 재계약을 할 겁니다."

신지호는 MBS팀의 간판급 에이스였다.

"신지호 성격 더럽기로 유명하던데. 작년 후반기 개인리그에서 준우승까지 했으니 더 기세등등해졌겠습니다."

"……."

박상혁 단장도 방진호 감독도 별말을 하지 못했다.

전부 사실이었기 때문이다.

신지호는 매사 투덜대는 부정적인 성격의 소유자였다. 작년 후반기 개인리그에서 준우승을 하고부터 더욱 그 입버릇에 브레이

크가 걸리지 않았다.

팀과 다른 선수에 대해 험담을 하고 다니는데, 팀의 에이스라서 쫓아내지도 못하는 형국이었다.

이신은 차갑게 웃었다.

"신지호가 선수들 사이에서 물 흐려놓지 않도록 분위기 잡아줄 사람이 필요하지 않습니까? 제 생각엔 신지호 따위가 제 앞에서도 나대지는 못할 것 같은데."

팀의 예민한 사정을 거침없이 꼬집으며 뻔뻔스럽게 연봉을 제시하는 이신이었다.

난색이 된 박상혁 단장.

마찬가지로 골치 아픈 표정이 된 방진호 감독.

하지만 그들은 몰랐다.

이신은 나름 MBS템에게 호의를 베풀려 한다는 것을.

'내 연봉이 1억이면 봉사활동 수준이군.'

두 사람이 들으면 기막혀 할 생각을 하는 이신이었다.

"이신 선수, 좀 더 생각할 시간을 주시겠습니까?"

박상혁 단장이 물었다. 이신은 고개를 끄덕였다.

"알겠습니다."

일단 협상은 그렇게 끝났다.

자리에서 일어나며 이신은 고개를 갸웃거렸다.

'이 내가 겨우 연봉 1억인데 왜 망설이는 거지?'

호의를 베푸는 일도 쉽지 않구나 하고 생각하는 이신이었다.

"아무리 옛날보다 먹고살기 좋아졌다지만 코치가 연봉 1억이라니……."

박상혁 단장이 한숨을 쉬었다.

방진호 감독도 떨떠름한 표정으로 말했다.

"문제는 그 자식이 부자라는 점입니다."

"그게 왜 문제죠?"

"집안도 더럽게 잘살고 본인이 벌어놓은 돈도 많고. 그놈은 돈 욕심이 아니라 진심으로 자기 가치가 1억이라고 생각하는 겁니다."

"휴우, 선수로 영입하는 거라면 1억이 아깝겠냐마는."

이신이 선수로 복귀할 수 있다면 1억이 아니라 3억도 지불할 용의가 있었다.

하지만 1억을 부른 걸 보면 선수 복귀는 아직 불가능하다고 생각하는 게 틀림없었다.

"하지만 본인 입으로도 선수 겸 코치라고 말을 했었습니다. 어쩌면 내년 전반기에 복귀할 수 있을지도 모르잖습니까. 실제로 언론에 알려진 것보다 손목 상태도 좋아 보였고."

"으음."

"그리고 컨트롤이나 멀티태스킹이나 손 빠르기나 그런 화려한 측면에 가려졌지만, 이신은 전략적인 판단력도 발군이었습니다. 그런 날카로운 전략가적 기질은 코치로서도 잘 발휘할 겁니다."

박상혁 단장은 고개를 끄덕였다.

"방 감독이 그렇게 적극 추천하니 저도 긍정적으로 생각해 볼게요. 그런데 지금은 그게 문제가 아니에요."

"예, 신지호를 잡는 게 우선입니다."

이신의 짐작은 정확했다. 신지호는 골칫덩이다.

하지만 이신이 모르는 사실이 있었다.

그냥 참아줄 만한 투덜이었던 신지호가 골치 썩는 트러블 메이커로 변질된 건 전적으로 이신 탓이었다.

작년 후반기 개인리그.

신지호는 4강전에서 이신에게 영혼까지 털리는 0승 3패를 당했다.

팀에서 6박 7일 휴가까지 고려했을 정도로 멘탈에 상처를 입은 완패였다.

하지만 뜬금없이 이신이 습격을 받아 기권하자, 신지호는 멘탈을 추스를 틈도 없이 어부지리로 결승에 올랐다.

만년 2인자 황병철과 이신의 기권으로 패배하고도 올라온 신지호의 결승전.

네티즌의 야유 속에서 치러진 결승은 황병철의 우승으로 돌아갔다.

국민적인 영웅을 잃은 충격이 온 나라를 휩쓸었고, 그 반동으로 신지호와 황병철에 대한 조롱이 인터넷을 뒤덮었다.

이신의 부상이 두 사람의 합작이라는 음모설까지 돌았다.

신지호는 그때부터 삐뚤어졌다. 입만 열면 불만을 내뱉으며 위화감을 조성하는 반골이 됐다.

하지만 어쩌겠는가.

미우나 고우나 팀의 에이스였고 방진호 감독이 직접 키운 자식 같은 선수였다.

"그래도 그렇지 연봉 3억이라니…… 신지호 선수는 자기가 전성기 이신과 동급이라고 생각하는 걸까요?"

박상혁 단장이 하소연을 했다.

공군 프로 팀에 입대하기 전에 이신이 받던 연봉이 4억 7천만 원이었다. 개인리그를 밥 먹듯이 우승하고, 프로리그 승률 90%면 그 정도 연봉을 받아도 된다.

하지만 신지호는 개인리그 준우승에 프로리그 승률은 67%.

물론 팀에 공헌도가 높은 훌륭한 성적이지만 3억을 요구할 정도는 아니었다.

"한번 끝까지 잘 설득해 보겠습니다."

"그건 방 감독에게 맡길게요."

*　　　　*　　　　*

1차 협상을 마치고 MBS 방송국에서 나오자마자 이신은 인근의 부동산에 들렀다.

"오피스텔을 하나 구하고 싶습니다."

"어? 혹시 프로게이머 이신 씨 아니십니까?"

중년의 부동산업자가 한눈에 그를 알아보았다.

이신은 고개를 끄덕이며 말했다.

"집은 클수록 좋고 풀옵션에 최대한 빨리, 당장 내일 들어갈 수 있으면 더 좋습니다."

MBS팀에 들어갈지는 확실치 않지만 그와 상관없이 살 곳은 이 동네로 정한 이신이었다.

"어, 어이쿠, 많이 급하신 모양이죠?"

"시간 낭비를 하고 싶지 않아서요. 돈은 상관없으니 부탁합니다. 일단은 전세가 좋습니다."

"아, 알겠습니다. 마침 좋은 매물이 몇 개 있는데 한번 보시죠."

목동 한복판.

그날 이신은 업자와 함께 오피스텔 몇 채를 확인해 보고서 결정을 내렸다.

전용면적 28평.

방 3개 욕실 2개.

풀옵션까지 된, 혼자 살기에는 지나치게 넓은 공간이었다.

"좋네요."

"그렇습니까? 여긴 전세가가 5억 5천인데 보시다시피 비어 있어서 언제든 입주 가능하십니다."

"하죠. 당장 가능한가요?"

"아, 예예."

부동산업자는 즉시 집주인에게 전화를 걸었다.

그렇게 계약을 덜컥 해버린 이신은 이사짐 센터에 전화했다.

다음 날, 아버지와 어머니는 이사짐 센터 직원들이 이신의 방에서 짐을 나르는 걸 보며 아연실색했다.

"신아, 이게 무슨 일이니?"

어머니가 급히 묻자 이신은 어깨를 으쓱했다.

"말씀드렸죠. 저 이제 독립합니다."

"아니, 어디로 가는지 미리 얘기도 안 해주고……."

"목동으로 갑니다. 또 연락드리겠습니다."

그렇게 이신은 집에서 나와 버렸다. 집도 가족도 더는 미련이 없었다.

방 3개는 각각 침실, 게임룸, 드레스룸으로 정했다.

'좋구나.'

필요한 것 외에는 아무것도 없는 깔끔함이 마음에 쏙 들었다. 이 넓은 집이 모두 누구도 간섭할 수 없는 자신만의 공간이었다.

인터넷이 개통되자마자 즉각 게임을 실행했다.

스페이스 크래프트.

그토록 하고 싶었던 게임이었다. 마우스를 쥔 오른손이 살짝 떨렸다.

기존의 아이디 Kaiser는 너무나 유명하기 때문에 불가피하게 새로운 아이디를 만들어야 했다.

―Player_SIN 님, 스페이스 크래프트의 세계에 오신 것을 환영합니다.

새 아이디가 만들어지자 온라인 모드로 접속해 다른 유저와 플레이를 하기 시작했다.

전적이 전혀 없는 무명 아이디다 보니 B등급 이상의 높은 유저들과 붙기가 쉽지 않았다.

하지만 우연히 A등급 유저와 매치를 할 수 있었고, 비로소 이신은 그토록 원했던 게임을 시작할 수 있었다.

정말 오랜만이었다.

신기하게도 그의 손은 모든 걸 기억하고 있었다.

단축키, 컨트롤, 전략……. 머리로는 잘 떠오르지 않는데, 손은 자연스럽게 그것들을 펼치고 있었다.

눈물이 날 것 같았다.

그는 게임이 너무 좋았다. 미칠 것 같았다.

—Aprilist : 정말 잘하시네요. 리겜 하실래요?

A등급 유저가 패배를 인정하며 물어보았다. 이신은 쾌히 수락했다.

다음 판도, 그다음 판도 이신은 당연하게 승리를 거두었다.

10연패를 당한 뒤에야 Aprilist는 눈물을 머금고 떠나 버렸다.

이신은 미소를 지었다.

슬슬 감이 돌아오고 있었다.

제5장
경기장의 신

한국 SC 프로리그는 매년 1월~11월까지 진행되며 총 8팀이 참가한다.

대회는 정규시즌과 포스트시즌으로 나뉘는데 구체적인 진행 방식은 다음과 같다.

1. 정규시즌 : 4개 라운드로 구성. 각 라운드는 풀리그와 플레이오프로 나뉜다.

풀리그 : 8팀이 한 번씩 붙어서 순위에 따라 승점을 부여.

라운드 플레이오프 : 해당 라운드의 상위 4개 팀이 토너먼트로 겨뤄 우승 팀 40점, 준우승 팀 10점의 승점 부여.

2. 포스트시즌 : 4개 라운드를 통틀어 가장 승점이 높은 4팀

이 최종 우승을 가린다.

그리고 2020년 5월 20일 현재, 3R 플레이오프 결승전이 열렸다.

바로 MBS와 CT의 경기였다.

이 경기를 마지막으로 프로리그는 한동안 쉬게 된다. 바로 월드 SC 그랑프리와 이적 시즌이 있기 때문이었다.

MBS는 이번 경기에서 반드시 이겨야 했다.

3R까지 진행되는 동안 MBS의 총합 승점 순위는 8개 팀 중 7위.

하위권에서 벗어나기 위해서라도, 이번 3R 플레이오프에서 우승해 승점 40점을 반드시 챙겨야 했다.

'MBS가 올해 들어 대체로 부진하군. 역시 팀 내 분위기가 안 좋은 탓이겠지.'

2천여 팬이 바글거리는 관객석.

로열석에 자리 잡은 이신은 경기장을 비추는 대형 스크린을 유심히 바라보고 있었다.

이신은 현재 마스크와 모자로 얼굴을 가린 채 관람을 온 상태였다.

MBS의 상태를 직접 확인해 보고 싶었기 때문이다.

온라인 관람권을 사서 인터넷으로 봐도 상관없지만, 이신은 경기장의 뜨거운 열기를 직접 만끽하고 싶었다.

'계속 부진한 것도 신지호가 분위기를 흐린 탓이고, 3라운드에서 호전된 것도 신지호의 경기력이 살아나서인가. 방진호 감독도

참 골치 아프겠어.'

때마침 대형 스크린에 선수들이 입장하는 화면이 비쳐지고 있었다.

"와아아아!"

"와아아!"

"MBS 파이팅!"

"CT 파이팅!"

팬들이 함성을 지르며 응원했다. 응원팀 유니폼을 입고 와서 피켓을 들고 환호하기도 하고, 커플끼리 오붓하게 관람하는 모습도 보였다.

이신은 미소를 지었다.

'역시 경기장이 좋군.'

대형 스크린에 비쳐지는 선수들이 부러워졌다.

그는 탐욕스러운 사람이었다.

모두의 환호와 열광을 자신이 갖고 싶었다. 그토록 빛나던 4년을 보냈지만, 여전히 그는 목이 말랐다.

'언젠간 다시 저 자리에……'

이신은 다시금 결심을 했다.

─여러분 안녕하십니까! 2020 SC 코리아 프로리그 3라운드 플레이오프 결승전에 오신 것을 환영합니다! 저는 캐스터 이병철!

─해설위원의 정승태입니다.

─이번 경기에서 보다 승점이 절박한 쪽은 MBS죠?

─그렇습니다. 1, 2라운드 내내 부진했던 MBS가 3라운드 되어

서야 간신히 살아나는 모습이 보여졌는데요, 그 부활은 순전히 에이스 신지호 선수가 홀로 팀을 이끌었다고 봐도 과언이 아닙니다.

─신지호 선수가 팀의 에이스로서 역할을 톡톡히 해주고 있네요!

─예, 이제 곧 여름 이적 시장이 열리는데요, 마침 신지호 선수의 계약 기간이 끝나기 때문에 MBS로서는 신지호 선수를 붙잡기 위해 노력해야 할 겁니다.

─여러 팀에서 신지호 선수를 노리고 있죠?

─예, 인류 라인을 보강하고 싶은 팀들이라면 다 신지호 선수를 주목하고 있죠. MBS로서는 애가 탈 겁니다.

캐스터와 해설위원의 해설이 시작되면서 이신도 대형 스크린에 집중했다. 마침 대진표가 나오고 있었다.

그런데 옆자리에 앉은 여자들이 힐끔힐끔 이신을 훔쳐보고 있었다.

"이신 오빠 아니야?"

"마스크 때문에 잘 안 보여."

"눈이나 코나 잡티 없는 하얀 얼굴이나 기럭지나 딱 이신 오빠인데."

그녀들은 평범한 e스포츠 팬이 아니었다.

바로 이신의 팬카페 '이신교'의 회원들!

카페 내 회원 등급도 인터넷에서 눈팅만 하는 '신도'가 아닌, 열심히 활동하는 '광신도'들이었다.

"근데 입고 있는 블랙진이랑 브이넥 우리가 선물한 거 아냐?"

수년 전, 이신의 유명한 일화가 있었다.

―똑같은 옷을 자주 입으시는데 특별한 이유라도?

'옷 사러 갈 시간이 아깝다.'

―인터넷 쇼핑몰에서 구매하면 되지 않나.

'액티브X 설치할 시간이 아깝다.'

시간이 아까워서 패션 테러를 하고 다닌다니, 이신교의 대다수를 차지하는 여성팬이 경악을 했다.

그 인터뷰가 나간 즉시, 이신교는 옷부터 신발까지 바리바리 선물을 보냈다.

이신은 선물 받은 옷을 뭐든 곧잘 입고 다녀서 팬들을 흐뭇하게 했다. 선물한 옷을 입고 나타날 때마다 엄청난 보람을 느끼곤 하는 것이었다.

"한번 물어보자."

그녀들은 셀카를 찍는 척하면서 모자와 마스크를 쓴 이신을 찍었다. 그리고 이신교 카페에 사진을 올리며 질문했다.

제목 : 이분 혹시 이신 오빠 아닌가요?

내용 : 지금 강남 e스포츠 경기장에 와 있는데요. 이분 이신 오빠 아닌지 반신반의해요.

그러자 실시간으로 댓글이 마구 달리기 시작했다.

—헐, 대박! 이신 오빠 맞네요!

—삐딱하게 다리 꼬고 턱 괴고 앉은 폼이 딱 이신 오빠임.

—이신 오빠 따라한다고 저 폼이 유행한 적 있었죠. 그땐 진짜 카페 가면 남자들 다 저러고 있어서 개짜증! 암튼 자연스러운 모습을 보니 이신 오빠가 확실해요.

—기럭지가 우월해서 다리가 여유 있게 꼬아지네요. 이신 오빠가 틀림없어요!

—오른손 확인하세요. 검지를 까닥거리고 있으면 이신 오빠입니다.

—저 바지 돌체 앤 가바나 아녜요? 우리가 보내준 옷 맞는데.

—○○돌체 맞음

—발렌티노 스니커즈도 우리가 보내드린 걸 걸요? 잘 신고 다니시는구나. ㅠㅠ

—이신교가 바친 옷 공물 명단은 '이신 패션' 게시판 공지사항에 있습니다.

—오빠 ㅠㅠ!! 거기 지금 강남 경기장이라고 했죠?!

—헐, 완전 대박!

—저 당장 갑니다! 울 집에서 30분 거리!

—부럽다. ㅠㅠ 저는 지금 전주. ㅠㅠ

—부산이에요. ㅠㅠ 지금이라도 KTX 타면 시간 맞춰 갈 수 있을까요?

—이신교 출동인가요? ㅎㅎ

이신교 카페는 대번에 난리가 났다. 강남 근처에 사는 팬들이 너도나도 당장 찾아간다고 아우성이었다.

이신임을 확인한 옆자리 여자들은 눈빛이 몽롱하게 풀렸다.

"아, 진짜 오빠야. 어떡해……."

"손목 다친 덴 괜찮으실까."

"사인받고 싶은데 귀찮아하시겠지?"

"일부러 모자랑 마스크 쓰고 오신 거 보면 몰라? 경기 끝나고 받자."

"오키오키."

그걸 아는지 모르는지 이신은 막 시작되는 경기에 집중할 따름이었다.

MBS와 CT의 경기는 1세트부터 이변이 발생했다.

─아, 이게 웬일입니까! MBS의 승리를 책임져 줄 신지호 선수가 선봉으로 나와서 맥없이 패했습니다!

─CT의 선봉 박진수 선수의 초반 광신도 찌르기가 제대로 먹혔습니다.

최소한 3킬은 해줘야 했던 에이스 신지호가 1세트부터 패배해 버린 것.

잘하면 올킬까지도 기대했던 MBS로서는 골머리를 썩을 게 분명했다.

'바보 같은 수를 뒀군.'

경기를 보며 이신은 생각했다.

1세트 맵 '투지'는 신지호가 선호하는 맵이었다.

아마 방진호 감독은 신지호로 하여금 본인이 좋아하는 맵에서 원하는 플레이를 해 기세가 오르도록 할 의도였으리라.

하지만 신지호가 선호하는 맵이니만큼, CT도 MBS 선봉으로 신지호가 나올지도 모른다고 예상했던 게 문제였다.

'신지호도 머저리고.'

폼이 하락해 최근 부진을 면치 못하는 노장 박진수가 선봉으로 나온 이유가 뭐겠는가?

운영 대결로는 죽었다 깨어나도 신지호를 이기지 못할 박진수가 꺼내 들 카드가 뭐겠는가?

당연히 초반에 승부를 보는 도박성 전략이다.

그걸 경계했어야 했는데 신지호는 상대가 만만하다고 너무 방심했다.

'아니면 뭘 해도 막을 수 있다고 자신했는지도 모르지.'

하지만 박진수는 노장인 만큼 멀티태스킹과 피지컬은 떨어져도 컨트롤은 발군이었다.

유닛 하나하나가 소중한 살 떨리는 초반 승부에 강했다.

─신지호 선수가 선봉으로 나올 걸 CT가 알고 있었던 것 같습니다. 노장 박진수 선수를 선봉 카드로 꺼내 아주 크게 재미를 봤습니다.

─예, 정말 노장다운 노련함이었습니다. 저 신지호를 1패도 없이 치워 버렸잖습니까!

─아, 화면에 나온 방진호 감독의 표정이 정말 안 좋네요.

─승점에 정말 목말라 있는 MBS인데 첫 판부터 승점 40점에

서 멀어지고 있습니다.

—자, 2세트가 준비되고 있습니다. 제 역할을 다해 홀가분한 박진수 선수와 MBS의 차봉 박신 선수의 대결, 2세트 맵은 '안드로메다' 입니다.

—여기서 또 지면 MBS는 정말로 안드로메다로 가는 겁니다.

신지호의 활약을 기대했던 MBS 팬들이 실망한 가운데, 2세트 경기가 시작되었다.

박신은 올해 20세로 프로 경력 3년 차였다.

이름은 이신과 똑같은 신.

종족도 이신과 똑같은 인류.

심지어 키도 이신과 똑같은 183㎝.

이신을 존경하기에 인류를 주 종족으로 선택했다는 MBS의 1군 주전 박신!

'짭신'이라는 불행한 별명을 얻긴 했지만, 그 덕에 e스포츠 팬들에게 나름 인지도가 있는 선수였다.

"짭신! 짭신!"

"짭신! 짭신! 짭신!"

경기장의 관객들이 입을 모아 소리쳤다. 킥킥거리는 웃음도 들리고 CT 팬들도 함께 외치는 것을 보면 응원보다 장난이 다분했다.

—신지호 선수와 함께 MBS의 인류 라인을 책임지는 박신 선수가 나왔습니다.

—신의 가호가 함께해서 반드시 MBS를 구원할 수 있기를 기

대해 보겠습니다.

캐스터의 농담에 관객석에서 웃음이 터져 나왔다.

하지만 MBS에게 오늘은 정말 안 풀리는 날이었다.

박진수는 1세트와 동일한 센터 참회실 전략을 펼쳤다.

본진이 아닌 맵 중앙 지역에 참회실을 건설하는 도박성 전략.

참회실에서 생산되는 광신도가 빠르게 상대방 진영에 도달할 수 있어서 깜짝 기습 전략으로 가끔 쓰이곤 했다.

오늘따라 박진수의 광신도 컨트롤은 발군이었다.

광신도 1기가 박신의 진영에 난입해 인류의 생산 유닛인 건설 로봇을 2기나 잡아버렸다.

먹힌다 싶자 박진수는 참회실을 추가 건설하며 광신도를 생산, 계속 보내 공격의 고삐를 늦추지 않았다.

진땀을 흘리며 어떻게든 막아보려 했던 박신은 결국 실의에 빠진 표정으로 채팅창에 항복을 뜻하는 GG를 쳤다.

—아, 박신 선수 GG!

—박진수 선수 오늘 되는 날인가요! 1세트도 그랬고 광신도 컨트롤이 제대로 살아 있습니다!

—한 번 쓴 전략을 또 쓰진 않겠지, 라는 심리의 허점을 찔렀죠.

—이야, 박진수 선수 오늘 벌써 2킬! 이러다 3킬, 4킬, 올킬 가는 거 아닌가 모르겠습니다. 3세트에 중견을 내보내는 MBS의 벤치가 우울해 보입니다.

3세트가 준비되는 동안 대형 스크린은 관객석을 비추고 있었다.

움직이는 카메라에 비춰질 때마다 관객들은 웃으며 손을 흔들거나, 수줍어서 얼굴을 가리고는 했다.

준비한 피켓에 응원 문구를 써서 흔드는 관객도 상당수 있었다. 경기장 입구에서 피켓과 펜을 나눠주기 때문에 누구나 쉽게 피켓 응원이 가능했다.

그런데 그때였다.

대형 스크린에 이신이 비춰졌다.

모자와 마스크를 쓰고 있지만 뻐딱하게 앉아 있는 폼이 e스포츠 관계자라면 익숙한 모습이었다.

―어? 지금 화면에 비춰지는 분 혹시 이신 선수 아닙니까?

캐스터 10년 차 이병철은 얼굴이 보이지 않아도 이신을 한눈에 알아봤다.

해설위원 정승태도 마찬가지였다.

―정말 그런 것 같은데요. 저기 관객분, 실례지만 혹시 이신 선수 아닌지 얼굴 좀 보여주시면 안 되겠습니까?

―하하하.

관객석 전체가 술렁거리기 시작했다.

"이신?"

"진짜?"

"대박!"

"어디야?"

관객들이 웅성거리기 시작할 때였다.

이신은 대형 스크린에 자꾸 자신의 모습이 나오자 눈살을 찌푸렸다. 카메라를 향해 파리 쫓듯이 손짓을 했다.

—어어? 카메라 치우라고 신경질을 냅니다. 저건 이신입니다! 이신 선수예요!

—저런 성격 가진 사람은 세상에서 이신 선수밖에 없죠.

캐스터와 해설위원이 흥분해서 소리치자 관객석에서 웃음이 터져 나왔다. 남 눈치를 조금도 안 보는 이신의 돌직구 성격은 워낙 유명했던 것이다.

—아, 이신 선수 당황하네요. 어떻게 알았지? 하는 표정 같은 데요.

—왜 눈치챘는지 본인만 모르죠. 아마 영원히 모를 겁니다.

웃음소리가 더더욱 커진다. 그리고…….

"꺄아아아악!"

"오빠다!"

"우와, 이신이다!"

이신이 마스크와 모자를 벗자 경기장이 열광의 도가니가 되었다.

이신은 집요하게 자신을 비추는 카메라를 똑바로 노려봤다.

검지를 들어 입술에 갖다 댔다. 그러자 거짓말처럼 관객들의 환호성이 줄어들었다.

이어서 카메라 치우라고 가볍게 손짓했다.

그제야 카메라는 다시 경기에 임하는 선수들이 들어가 있는 게임부스를 비췄다.

비로소 진정되고 3세트 경기가 시작되나 싶었지만, 이미 이신

주변은 사인 요청이나 스마트폰 카메라 세례로 정신이 없었다.

　─아, 관람을 하러 온 이신 선수가 제대로 경기를 못 보고 있
죠.

　─그러네요. 저희가 괜히 아는 체를 했나요. 관객 여러분, 원활
한 관람이 될 수 있게 제자리에 앉아주시면 감사하겠습니다.

　그러나 이신은 이제 기자들의 질문 공세에도 시달리고 있었
다.

　그럴 수밖에 없었다.

　한국 e스포츠 최악의 사건이라 불리는 일을 당하고 사라져 버
린 이신.

　그가 다시 모습을 드러냈으니 소란이 오죽하겠는가.

　급기야 경기장의 스텝들이 나서서 진정시키려 하는 상황까지
발생했을 때였다.

　문득 캐스터 이병철이 색다른 제안을 내놓았다.

　─우리 책임도 있으니 아예 이신 선수를 여기로 불러들일까
요?

　─어? 그거 좋은 것 같습니다. 한번 물어보고 가능하면 이신
선수도 아예 여기서 같이 해설을 하든, 조용히 관람만 하든 하면
되니까요.

　"와아아아!"

　"좋아요!"

　"하자, 해실!"

　관객들이 열광적으로 호응했다.

잠시 후, 스텝 중 하나가 이신을 찾아왔다.

"이신 선수, 갑작스럽지만 혹시 함께 해설을 하는 게 가능하신 지……."

"제가 그런 거 해도 괜찮겠습니까?"

"예, 해주시면 감사하고, 부담되시면 그냥 거기 앉아서 경기만 관람하셔도 되니까요."

"그럼 좋습니다."

이신은 쾌히 승낙하고 일어섰다.

스텝의 안내를 받고 해설진 부스로 들어갔다.

"어서 오세요, 이신 선수."

"저희 때문에 고생했습니다."

캐스터 이병철과 해설위원 정승태가 반겼다. 이신은 그들 사이에 마련된 자리에 앉았다.

스텝이 마이크를 가져와 브이넥 셔츠 목가에 달아주었다.

—이신 선수, 환영합니다. 정말 오랜만에 뵙네요.

캐스터 이병철이 쾌활하게 말을 꺼냈다.

—예, 감사합니다.

이신은 덤덤히 대꾸했다.

그럼에도 관객들이 열광하며 그의 목소리를 반겼다.

—그동안 어떻게 지내셨는지 개인사를 좀 물어봐도 되겠습니 까?

—안 됩니다.

—아, 예, 안 된답니다.

"하하하!"

"킥킥!"

관객들이 웃음을 터뜨렸다.

―예, 그럼 정리도 됐으니 이제 시작되는 3세트에 집중해 보죠.

해설위원 정승태가 분위기를 수습했다.

캐스터 이병철이 말을 받았다.

―예! 지금 2킬을 기록 중인 CT의 선봉 박진수 선수, 그리고 MBS는 중견 최찬영 선수를 내보냈는데요. 맵은 '유혈의 능선'입니다.

―4인용 맵으로 종족 상성은 8 대 5로 신족보다 괴물이 우세를 띠는 맵입니다. 괴물 플레이어인 최찬영 선수에게 약간 웃어주는 맵이라고 할 수 있겠습니다.

―예, 하지만 박진수 선수 지금 기세가 올랐습니다! 승부는 모르는 거죠?

―물론입니다. 이신 선수는 어떻게 생각하십니까?

해설위원 정승태가 슬쩍 이신에게 질문을 던졌다.

이신은 망설임 없이 대답했다.

―MBS가 3패를 걱정해야죠.

―아, 그렇습니까?

―1세트, 2세트 모두 박진수 선수의 도박수에 뒤통수를 맞았죠. 2연속으로 당한 바람에 지금 MBS 벤치가 심리전에 말려든 상태입니다.

―심리전에 말렸다고 하면, 최찬영 선수도 지금 박진수 선수가 뭘 할지 신경이 곤두선 상태라는 뜻이시죠?

―에, 상대가 내 일거수일투족에 주목할수록 심리전 걸기 쉽습니다. 저라면 속임수 씁니다.

―어우, 아주 확신을 하시네요.

―결국 박진수 선수는 피지컬이 안 돼서 운영 싸움을 못하기 때문에 저러는 겁니다. 달리 선택지가 없죠.

난데없는 돌직구.

캐스터도 해설위원도 잠시 침묵했다.

나이가 들수록 장기전을 할 피지컬이 안 되는 건 어쩔 수 없는 일이었다. 그래서 프로게이머의 선수 생명은 매우 짧았다.

그렇게 이야기를 주고받는 동안 3세트가 시작됐다.

이번에는 센터 참회실 같은 무리수가 아닌, 평범한 운영을 택한 박진수였다.

최찬영도 의외로 초반 찌르기를 두려워하지 않고 자신감 넘치는 운영을 보였다.

아마 겁먹고 방어에 치중하지 말고 과감하게 하라는 방진호 감독의 지시를 받은 듯했다.

그때, 느릿느릿하게 하늘을 날던 괴물 종족의 하늘군주가 박진수의 본진에 들어왔다.

하늘군주는 괴물 종족의 군주다. 모습을 감춘 것까지 모든 걸 보며, 괴물들을 지휘한다.

게임에서는 인류의 식량고처럼 인구수 제한을 늘리며, 보이지 않는 유닛을 보이게 만들기도 하는 유닛이었다.

박진수가 예배당을 건설하는 모습이 하늘군주에게 포착당했다.

—아! 예배당을 짓는 걸 최찬영 선수에게 들키고 맙니다! 박진수 선수, 하늘군주가 들어오지 못하게 막았어야죠!

—저러면 최찬영 선수가 박진수 선수의 전략을 파악하죠. 아, 암흑사제나 대사제구나, 하고 맞춤형 전략을 꺼낼 수 있어요. 자, 저렇게요. 독침충을 잔뜩 뽑기 시작하잖습니까.

두 사람이 박진수의 실수를 지적할 때였다.

잠자코 있던 이신이 조용히 말했다.

—일부러 허용했죠.

—예?

캐스터 이병철이 깜짝 놀랐다.

이신이 말했다.

—암흑사제로 기습할 테니 조심하라 말하고 싶은 겁니다. 이제 하늘군주 처치하고 거신병기 사거리 업그레이드하겠죠.

말이 끝나기가 무섭게 거신병기가 레이저포로 하늘군주를 처치했다.

그러고는 거신병기의 사거리 업그레이드를 개발하기 시작했다.

—아, 정말입니다! 사거리 업그레이드를 시작했어요!

감탄한 캐스터 이병철.

이신이 계속 말했다.

"이제 거신병기 올인이겠죠. 광신도도 안 뽑습니다."

5개의 참회실에서 거신병기가 줄줄이 생산되었다.

총 7기의 거신병기가 최찬영의 진영으로 향했다.

―암흑사제 침투 막으려고 건물로 통로까지 막았는데 아예 박진수 선수를 도와준 꼴이죠. 독침충보다 사거리 긴 거신병기에게 완전히 유리한 진영을 만들어졌습니다.

―그렇습니다. 하늘군주가 본진에 들어올 것을 계산하고 예배당을 훼이크로 지어놓는 센스! 오늘 박진수 선수가 정말 많은 준비를 하고 나왔습니다.

결국 박진수의 의도는 완벽하게 먹혀들었다.

거신병기 7기는 최찬영의 본진을 난타하기 시작했다.

막으려고 덤벼드는 독침충은 거신병기의 레이저포에 녹아버렸다.

한 걸음씩 물러서며 레이저포를 쏘는 컨트롤이 일품.

맵이 독침충의 시체로 뒤덮였다.

―예배당 지은 김에 암흑사제도 뽑아야죠.

이신이 또 툭 내뱉은 한마디.

마치 이신에게 지시라도 받은 것처럼 암흑사제 2명이 생산됐다.

독침충이 거신병기 막는 데 투입된 동안, 암흑사제 2기는 7시 지역의 텅 빈 확장 기지를 공격했다.

보이지 않는 암살자, 암흑사제가 식량 자원을 채취하는 일벌레들을 살육했다.

서걱— 서걱—

독침충을 끊임없이 생산해 물량 공세로 버텨 보려던 최찬영을 좌절시킨 일격이었다.

확장 기지의 일벌레가 전부 죽는 바람에 자원도 끊겨 버린 것이다.

최찬영은 죽어가는 듯한 얼굴이 되었다.

—아아! 최찬영 GG!

관객석에 함성이 울려 퍼졌다.

—MBS 오늘 큰일 났습니다! 박진수 선수에게 벌써 3킬을 당했어요! 그 뒤에도 CT의 쟁쟁한 선수들이 자기 차례만 기다리고 있는데, 이제 이 산 너머 산을 어떻게 넘을 생각입니까!

—그나저나 이신 선수, 정말 놀랐습니다. 전부 다 맞췄네요. 뭔가 비결이라도 있는 겁니까?

—그냥 제 눈엔 다 보입니다.

겸손 따윈 조금도 없었다.

박진수의 3킬에 힘입어 CT의 승리가 거의 확실시된 경기.

가장 많은 팬의 관심을 받고 있던 MBS 에이스 신지호의 1세트 패배 탓에 흥행마저 물 건너갔다고 생각되던 상황.

하지만 관객들은 여전히 크게 즐거워했다.

모두의 관심사는 경기가 아닌 다른 부분이었다.

—저거 싸우면 집니다. 싸우네요. 봐요, 졌죠. 저걸 왜 싸웁니까?

―2시 언덕으로 가겠죠. 거기 기동포탑 드롭해서 포격모드로 전환하면 아슬아슬하게 사거리가 닿습니다.

―그냥 위협입니다. 공격하는 척하면서 확장 기지를 추가로 가져가겠죠.

이신의 돌직구 족집게 해설!

캐스터와 해설위원이 못 보는 부분까지 세밀하게 지적하는 이신의 한 마디 한 마디가 팬들을 즐겁게 했다.

급기야,

―이신 선수, 여긴 중계석이지 점집이 아니거든요. 예언 말고 해설을 좀 해주시겠습니까? 자꾸 스포일러를 당하는 기분이라서요.

캐스터 이병철의 말에 관객들이 폭소를 터뜨렸다.

그렇게 시시하게 흘러갈 것 같았던 3라운드 플레이오프 결승전은 깜짝 게스트 덕에 크게 흥행하였다.

심지어 이신은 퇴장도 남달랐다.

CT 중견과 MBS 대장의 경기가 시작된 지 3분밖에 지나지 않았을 때였다.

―빌드가 갈렸네요. CT가 이겼습니다. 그럼 전 이만 가보겠습니다.

빌드란 '빌드 오더(Build order)'의 줄임말로 전술 구사를 위한 건물 짓는 순서를 뜻한다.

각 프로 팀의 노력으로 다양한 빌드가 존재하고, 각 빌드마다 가위바위보처럼 상성이 존재한다.

결국 스페이스 크래프트는 포커처럼 자신의 빌드를 감추고 상대의 빌드를 알아내는 싸움이었다.

아무튼 이신의 갑작스런 말에 캐스터와 해설위원이 화들짝 놀랐다.

―가, 가신다고요?

―지금 나가야 혼잡하지 않을 것 같아서요. 그럼 마지막까지 좋은 관람되시기 바랍니다.

그러면서 이신은 훌쩍 중계부스를 떠나 버렸다.

남은 두 사람은 당황했으나 프로답게 다시 해설로 돌아왔다.

―아, 또 스포일러를 해놓고서 떠나 버린 이신 선수였습니다.

또다시 터지는 웃음.

―하지만 덕분에 경기가 흥미진진해졌죠?

―예, 경기 외적인 부분에서 참 흥미로웠죠. 아무튼 이신 선수 오랜만에 볼 수 있어서 정말 반가웠고, 이제 해설로 돌아가 보겠습니다.

―예, 빌드가 갈렸다지만 그걸 뒤집을 수 있는 변수가 또 한두 가지가 아닙니다. 결국 끝나기 전까지 승부를 알 수 없죠.

＊　　　　＊　　　　＊

그날 이신은 경기장 뒷문으로 달려 빠져나와 택시를 탔다.

그리고 다음 날, 인터넷 뉴스 포털 e스포츠 코너가 온통 이신의 이름으로 도배되었다.

—잠적했던 이신, 강남 e스포츠 경기장에 모습 드러내
—'게임의 신' 이신 깜짝 등장, 깜짝 해설!
—이신의 '예언 해설' 화제.
—이신 등장에 강남 경기장 '발칵'
—MBS 대 CT, 3R PO 결승에서 무슨 일이?

인터넷 언론은 하나같이 이신의 등장을 반기는 듯하면서도 그의 비극에 대해 떠들어댔다.

의혹도 제기되었다.

이신이 중계석에 초대되어 깜짝 해설을 한 것이 사전에 짜놓은 각본이 아니냐는 것이었다.

한마디로 이신이 선수 생활을 청산하고 해설로 전향하는 포석이라는 추측이었다.

경기장에서 예고 없이 재등장한 이신은 그만큼 인상이 깊었다.

그 문제가 네티즌들끼리 논쟁까지 붙어 치고받는 와중이건만, 정작 본인은 별로 관심이 없었다.

게임에 집중해 있을 때의 이신은 인터넷도 SNS도 하지 않았던 것이다.

'온라인에 옛날보다 고수가 많아졌군.'

스페이스 크래프트 온라인의 아마추어 강자들과 겨루며, 이신은 선수 시절의 감각을 회복해 나갔다.

새로 만든 아이디 Player_SIN은 F등급으로 시작해서 어느새 A등급에 올랐다.

1년 가까이의 공백이 있었지만 이신은 새로 아이디를 만들고서 한 번도 지지 않았다.

'좀 시시한데. 프로 애들하고 붙었으면 좋겠군.'

프로 팀의 선수들이나 연습생들은 대부분 S등급이었다.

이신은 S등급 유저들에게 대전 신청을 걸기 시작했다.

*   *   *

"2년간 5억입니다."

박상혁 단장의 말에 맞은편에 앉아 있는 선수의 얼굴이 일그러졌다.

바로 MBS의 에이스 신지호였다.

불쾌감이 고스란히 드러나는 신지호를 박상혁 단장이 타일렀다.

"신지호 선수를 중요하게 생각했기 때문에 저희가 낼 수 있는 최대치를 부른 겁니다. 그 이상은 상부에서도 허락을 하지 않아요."

"그 상부에 있다는 사람들이 제 가치를 그 이상으로 생각하지 않는다는 거지요?"

"그럴 리가요. 사정상 그게 한계라는 거지요."

"좀 불쾌한데요. MBS 경기를 누구 때문에 보러 오는 것 같으세요?"

신지호가 까칠하게 찔러 들어오자 박상혁 단장은 머리를 긁적이며 답했다.

"신지호 선수의 값어치야 당연히 인정하지요. 그래서 2년에 5억까지 허가를 받았고요. 그런데 신지호 선수, 이신 선수가 공군 입대 전까지 받은 연봉이 얼마인 줄 아십니까?"

"4억 7천. 그걸 누가 몰라요?"

"프로리그 승률 90%에 참가했던 개인리그에서 딱 한 번 빼고 전부 우승한 사람의 연봉이 그 정도였습니다."

"그게 언제 적 얘긴데 아직도 써먹어요? 그때랑 지금이랑 같아요? 온라인 관람권 판매가 활성화되면서 커진 시장 파이가 얼마인데요. 그 양반 아직 멀쩡했으면 연봉 10억은 받을 겁니다."

"이신 선수는 온라인 관람권 없을 때도 관객을 4, 5천씩 동원하던 사람이었어요. 아무튼 중요한 건 상부에서 생각하는 최고 기준점이 그때의 이신 선수라는 사실입니다."

"……"

"신지호 선수는 프로리그 승률 60%대를 꾸준히 찍어주셨죠. 정말 감사하게 생각하고 그 점을 감안해서 2년간 5억을 부른 겁니다. 다른 팀 에이스 선수들 연봉과 비교해 보죠. 이게 낮은 금액일까요?"

신지호는 눈치가 없지 않았다. 일부러 승률 얘길 꺼낸 건 칭찬하기 위해서가 아니다.

이신의 4년 연속 프로리그 승률 90%의 금자탑!

네가 거기에 비교될 레벨이냐고 묻는 것이었다.

그때, 듣고 있던 방진호 감독이 말했다.

"지호야."

"…예, 감독님."

"너도 알다시피 우리 팀이 올해 성적도 좋지 않고 전력 보강이 시급한 처지야. 네 말마따나 앞으로 점점 시장 파이도 커지고 스타 선수에 대한 대우가 좋아질 거다. 하지만 다른 팀을 봐도 알겠지만 아직은 아니야."

"앞으로라고요?"

신지호의 눈에서 불이 켜졌다.

"프로게이머가 언제인지 모를 미래를 기약할 수 있다고 생각하세요? 20대 초반 지나면 퇴물될 텐데?!"

아직 한창 어린 21세의 신지호.

하지만 프로게이머의 전성기는 10대 후반에서 20대 초반 사이다. 혹독한 e스포츠의 현실이었다.

제6장
Player_SIN

"그래서? 넌 지금이 네 선수 생활에서 가장 대우받을 수 있는 때라고 생각하냐?"

방진호 감독이 물었다.

"그래요."

"난 네가 지금보다 더 잘할 수 있을 거라고 생각한다."

"……."

"이렇게 하자. 지금 조건에서 프로리그 승률 70% 넘기면 인센티브 받는 걸로. 성적은 예나 지금이나 똑같은데 몸값만 천정부지로 오르는 것도 말이 안 되지. 어때? 이러면 공평하지 않아? 단장님도 괜찮으십니까?"

"예, 그 정도라면 타당한 이야기죠."

"신지호, 넌 어때?"

신지호는 잠시 침묵했다.

숙고하는가 싶더니, 이윽고 입이 열렸다.

"이신 얘기가 나와서 말인데요."

"응?"

"이상한 소리가 있더라고요. 우리 팀이 이신을 코치로 데려오려 한다던데. 얼마 전에 감독님이 찾아가기도 했다면서요? 이게 사실이에요?"

"……"

방진호 감독의 눈살이 찌푸려졌다. 신지호에게는 숨기고 싶었던 사실이었다.

신지호의 미소가 썩어 들어갔다.

"제가 이신 때문에 얼마나 피해봤는지 알면서 그래요?"

"우린 프로야. 그런 것에 연연할 수는 없어."

"제가 아직 나이가 어려서 그런지 프로 의식이 결여됐나 보죠. 전 그 새끼랑 같이 못하겠습니다."

신지호는 자리에서 일어났다.

"아까 말하신 조건 좋아요. 대신 저도 조건 하나 걸죠."

신지호는 사무실을 떠나며 말했다.

"이신은 안 됩니다."

그가 떠나 버린 뒤에 두 사람은 곤란한 얼굴로 서로를 바라보았다.

"어쩌죠? 잘 타이를 수 있나요?"

"안 될 겁니다. 이신에 대한 피해 의식이 너무 강해요."

그냥 귀엽게 툴툴거리던 신지호가 완전히 삐뚤어진 직접적인 계기가 이신이었다.

이신과 한솥밥을 먹으라면 뛰쳐나갈 가능성이 높았다.

"이신을 포기해야 하나요?"

"…이신도 필요합니다."

3R PO 결승전에서 있었던 이신의 깜짝 해설로 방진호 감독은 확신이 들었다.

─화면 지정 단축키를 안 쓰나? 왜 저렇게 대처가 산만한지 모르겠습니다.

흘려 넘기듯 한 그 말에 방진호 감독은 경악했었다.

정확한 지적이었기 때문이다.

선수의 개인 화면을 본 것도 아닌데 어떻게 그걸 알 수 있는지 신기할 따름이었다.

'천재!'

평범한 사람이 볼 수 없는 것을 직관적으로 파악하는 타고난 재능이었다.

게임의 신은 코치로서도 충분히 통한다!

방진호 감독은 그렇게 확신했다.

하지만 팀의 에이스 신지호와 비교해서 누가 더 중요하냐고 묻는다면 그건 또 다른 문제였다.

"정말 곤란하게 됐군요."

박상혁 단장의 한숨이 방진호 감독의 심정을 대변해 주고 있었다.

＊　　　　＊　　　　＊

불쾌한 기분으로 연습실로 돌아온 신지호는 선수들과 연습생들의 이상한 분위기에 의아함을 느꼈다.

1군과 2군, 연습생들이 한곳에 모여서 리플레이 영상을 보고 있었다.

그리고 2군 선수인 정다울은 우울 가득한 얼굴이었다.

"뭐야? 넌 왜 그래?"

신지호의 물음에 정다울은 울상이 되었다.

"형, 저 깨졌어요."

"한두 번 깨져? 새삼스럽게."

"그런 게 아니고요."

"뭐야? 설마 연습생한테 깨졌냐?"

"차라리 그게 낫겠어요."

정다울은 죽어가는 목소리로 말을 이었다.

"온라인에서 깨졌어요."

"뭐? 상대 누군데? 몇 등급이야?"

"몰라요. A등급 유저인데 요즘 온라인에서 잘한다고 유명세 타는 아마추어예요."

"그게 누군데?"

"형도 아실 걸요? 플레이어 신이라는 유저요."

"아……."

들어본 것 같았다.

Player_SIN.

무패행진 중이라 게이머들 사이에서 유명세 떨치는 유저였다.

어디의 프로 선수가 서브 아이디로 장난치는 거겠지 싶어서 무시했던 기억이 난다.

"나도 한번 보자."

같은 인류 유저라니 흥미가 생겼다.

정다울과 Player_SIN은 총 세 판을 했다.

정다울의 주 종족은 신족.

맵은 전능의 권좌.

신족에게 유리한 맵에서 정다울은 상대에게 내리 3패를 당했다.

2군 선수라도 연습생들의 경쟁을 뚫고서 올라온 프로였다.

그런 정다울을 이렇게 농락했다면 상대도 아마추어가 아니라는 뜻이었다.

1세트, Player_SIN은 기갑정거장 2개가 완성되자마자 고속전차를 2기 뽑았다.

고속전차는 속도가 매우 빠른 유닛으로, 지뢰를 2개까지 매설할 수 있는 장점까지 갖췄다.

기갑부속연구소에서 지뢰 개발까지 완료되자 고속전차 2기가 빠르게 질주했다.

적 진영으로 파고들려 했지만, 정다울도 그렇게 허술하지 않았다.

거신병기 4기로 입구를 가로막고 있었던 것.

고속전차 2기는 방향을 돌려 정다울의 확장 기지를 향했다.

확장 기지는 이제 막 대신전이 건설 중이었다.

대신전이 완공되면 그제야 생산 유닛들을 붙여서 자원을 채취하게 하는 것이다.

건물 타격에는 취약한 고속전차라 달리 피해를 줄 수 있는 길이 없었다.

무슨 생각을 했는지 Player_SIN은 그냥 소득 없이 고속전차를 물렸다.

"다울이가 디펜스 잘했네."

신지호가 중얼거렸다.

고속전차를 초반에 빨리 보내는 것은 견제 플레이를 위한 것.

견제란 바로 상대방의 생산 유닛을 공격해 자원 수급에 차질을 주는 것이다.

하지만 저렇게 상대가 미리 알고 대비를 해놓으면 쉽지가 않다.

"다울이가 유리해 보이는데? 고속전차 2기 일찍 뽑느라 확장도 못 가져갔잖아."

"더 봐봐."

모여서 함께 보던 선수들이 신지호에게 말했다.

어쩐지 정다울의 얼굴이 한층 우울해져 있었다.

약 30초 후, 대신전이 막 완공되었을 때였다.

완공되는 타이밍에 맞춰 정다울은 생산 유닛들을 확장 기지로 보냈다.

신족의 생산 유닛 신도 10기가 거신병기 4기의 호위를 받으며 이동했다.

그런데 바로 그때, Player_SIN이 확장도 하지 않고 모아놓은 고속전차 8기를 일제히 출발시켰다.

마치 다 알고 있었다는 듯이, 이동 중인 신도들을 습격했다.

호휘하던 거신병기가 맞섰지만, 고속전차들은 집요하게 신도들만 사살했다.

신도 10기 전멸.

고속전차는 이제 볼일 다 봤다는 듯 썰물처럼 후퇴했다.

"와, 씨발 컨트롤."

"한순간에 다 털어버렸네."

"손 존나 빨라."

선수들이 혀를 내둘렀다.

신도는 고속전차의 공격 2방에 죽는다.

Player_SIN은 고속전차 8기를 컨트롤하며 2기당 1기씩, 신도를 4마리씩 털어버렸다.

번개 같은 컨트롤로 신도 10기가 삽시간에 전멸. 거신병기의 반격에 죽은 고속전차는 1기밖에 없었다.

하지만 신지호는 다른 면을 보고서 감탄했다.

'아까 대신전 짓고 있는 걸 보고서 언제 완공될지 계산했다.'

완공되고 신도들이 보내질 타이밍을 초단위로 정밀하게 계산한 기습.

저건 초일류의 플레이였다.

'대체 누구야?!'

그 뒤는 뻔했다.

정다울이 역전을 위해서 별의별 수를 다 썼지만 상대는 능숙하게 승리를 굳혔다.

—Player_SIN : 똑같은 맵에서 한 번 더 해보자.

—daul02 : 네?

—Player_SIN : 1군 되려면 상대 견제 잘 막아야지.

—daul02 : 저 아세요?

—Player_SIN : MBS 2군 정다울이잖아. 병철이랑 예선전에서 붙은 거 봤어. 디펜스 잘하더라.

—daul02 : 감사합니다. 근데 누구세요? 프로세요?

—Player_SIN : 한때는.

"뭐야, 이게?"

두 사람의 채팅을 본 신지호의 얼굴이 황당함으로 물들었다.

"은퇴한 사람한테 당했어?"

"네……."

"어쩐지 요즘은 잘 쓰지도 않는 2기갑 빌드를 쓰더라니. 새꺄,

한창 현역인 놈이 은퇴한 사람한테 지면 어떡해?"

울상이 된 정다울을 뒤로하고 신지호는 다음 리플레이를 재생했다.

2세트, 맵은 동일하게 전능의 권좌였다.

이번에도 고속전차로 견제를 해올 거라고 생각한 정다울은 꼼꼼하게 방어를 했다.

그리고 확장 기지를 가져가기 위해, 대신전을 건설하러 신도 1기를 보냈을 때였다.

상대의 고속전차 1기가 나타나 신도를 저격해 버렸다.

—아악!

신도가 죽자 고속전차는 유유히 사라졌다.

'허, 이젠 대신전을 언제 건설하러 가는지도 파악했네.'

완벽한 타이밍.

어떻게 은퇴한 사람의 시간 계산이 저렇게 정밀한지 불가사의했다.

정다울은 다시 신도를 보냈다. 이번에는 거신병기 4기를 딸려 보냈다.

거신병기 4기와 신도 1기가 함께 이동할 때였다.

끼릭!

땅속에서 쑥 튀어나온 지뢰!

정다울은 반사적으로 거신병기 4기로 나타난 지뢰가 터지기 전에 일점사했다.

펑!

지뢰를 발동되지 않고 제거되었다.

"오, 반사 신경 좋은데."

"반응 빠르네."

"하마터면 같이 폭사할 뻔했는데."

하지만 감탄하기에는 일렀다.

거신병기들이 지뢰는 일점사해서 제거하자마자, 고속전차 1기가 다시 나타나 신도를 공격한 것이다.

펑!

한 대.

거신병기는 지뢰를 막 제거한 참이라 고속전차를 즉각 공격하지 못했다.

펑!

―으악!

두 대.

신도가 죽었다.

고속전차는 그제야 거신병기들의 공격을 받았지만, 즉각 도망쳐 폭파되지 않았다.

"와……."

"존나 잘해."

"말렸다, 말렸어."

아마 이때쯤부터 정다울은 다급해졌으리라. 대신전 공사를 두 번이나 저지당하는 바람에 확장 기지를 가져가는 게 늦어져 버렸다.

확장 기지가 늦어지면 결국 상대보다 자원 먹는 속도도 뒤처진다. 1초, 1초가 소중한 프로의 세계에서는 치명적이었다.

이번에는 신도 2기와 거신병기 8기가 다 같이 움직였다.

그리고…….

"오오!"

"우와, 지린다!"

거신병기들이 나간 틈을 타, 고속전차 4기가 본진으로 파고든 것이었다.

본진에도 거신병기 2기와 광신도 8기가 남아 있었지만 고속전차들을 전부 저지하지 못했다.

미꾸라지처럼 안으로 파고든 고속전차 3기가 본진 대신전에서 일하는 신도들을 학살했다.

쫓아오는 거신병기와 광신도들을 지뢰 매설로 저지.

현란하게 치고 빠지며 끝내 신도를 12기나 털었다.

—Player_SIN : 이래서는 몇 번을 해도 똑같아.

—Player_SIN : 디펜스 꼼꼼한 건 좋은데, 발상이 잘못됐어. 그 많은 구멍을 어떻게 일일이 다 막을 거야?

—Player_SIN : 거신병기로 센터 잡고 열심히 돌아다니면서 길목을 원천봉쇄해야지.

—daul02 : 네……?

—Player_SIN : 한 번 더 할래?

—daul02 : 네, 한 번만 더 해주세요.

―Player_SIN : 알았어. 같은 맵에서.

이어지는 3세트.

정다울은 가르쳐 주는 대로 거신병기 4기로 맵 중앙 지역에 진출했다.

상대방 진영에서 고속전차 2기가 출발했지만 거신병기에게 가로막혀 그대로 후퇴했다.

그런데, Player_SIN은 고속전차 2기를 또다시 끌고 나타났다.

이번에는 인류 생산 유닛인 건설로봇 4기와 함께였다.

건설로봇 4기가 일제히 거신병기들에게 달려들고, 고속전차 2기는 우회해서 후방에 지뢰 매설.

정다울의 거신병기들은 코앞에 매설된 지뢰의 폭발에 휘말려 전멸했다.

어찌할 도리가 없는 눈부신 컨트롤이었다.

―Player_SIN : 컨트롤 연습 좀 더 해라. 거신병기로 무빙 당기면서 지뢰부터 일점사했어야지.

―daul02 : 정말 누구신지 알려주시면 안 돼요?

―Player_SIN : 그거 알아서 뭐 하게? 그럼 이만.

더 할 필요도 없다는 듯, Player_SIN은 게임 도중에 그냥 나가버렸다.

"존나 잘하는 거 보니까 현역 때 꽤나 날렸던 사람 같은데."

"누굴까?"

"황제 최환열인가?"

"환열이 형? 그럴듯한데."

선수들은 대선배 프로게이머를 거론하며 수군거렸다.

궁금하기는 신지호도 마찬가지였다.

'환열이 형 같은 소리 한다. 멀티태스킹이 나이 들어 은퇴한 사람 수준이 아니야.'

신지호는 리플레이를 다시 돌려봤다.

화려한 고속전차 컨트롤로 견제 플레이를 하는 와중에도, 본진에서는 계속 일꾼과 병력을 뽑고 있었다.

'궁금한데.'

자기 자리로 돌아간 신지호는 스페이스 크래프트를 실행했다.

온라인 모드로 접속해 Player_SIN을 찾아다녔다.

마침내 발견했다.

―GOD_JiHo : 한 게임 하실래요?

다행히 씹히지 않고 답장이 왔다.

―Player_SIN : 신지호?
―GOD_JiHo : 네.
―Player_SIN : 맵 골라.

상대는 현존 한국 최고의 인류 플레이어라 불리는 신지호.

그럼에도 상대는 시원시원하게 승낙했다.

—GOD_JiHo : 그쪽에서 고르셔야죠.^^

'어디서 맵을 고르래, 노땅이.'

마치 하수를 대하는 것 같은 상대의 태도가 마음에 들지 않는 신지호였다.

설사 현역 선수라도 신지호를 무시할 수는 없었다.

—Player_SIN : 천상의 갈림길.

'이 새끼가 근데!'

신지호는 피가 거꾸로 솟는 기분을 느꼈다.

천상의 갈림길.

신지호가 가장 자신 있어 하는 맵이었다. 한국 e스포츠 팬들이 '지호의 갈림길'이라 부를 정도로 승률이 높았다.

이 맵에서만큼은 신지호의 승률이 이신에 버금갈 정도.

한마디로 '어디 한번 실력을 봐줄 테니 가장 잘하는 곳에서 최선을 다해보라'는 여유였다.

'개자식이. 네놈의 대가리에 겸손을 심어주마.'

부글부글 끓는 기분을 안고서 신지호는 게임을 시작했다.

종족은 인류 대 인류.

맵은 천상의 갈림길.

"어?"

"플레이어 신이다."

"지호랑 하네."

"지호 형이랑?"

선수들과 연습생들이 모여들었다.

에이스 신지호와 심상치 않은 실력을 뽐낸 Player_SIN. 누가 이길지 궁금하지 않을 수가 없었다.

신지호의 생각과 달리 이신은 당연히 이긴다는 오만함으로 천상의 갈림길을 택한 게 아니었다.

'강한 상대와 부딪쳐 봐야 감각이 빨리 돌아오지.'

자신을 긴장시키고 궁지에 몰아넣어 줄 상대가 필요했다.

지고 있는 게임에서 끝까지 이기기 위해 노력할 때, 프로게이머는 가장 성장한다.

그것이 연습에 대한 이신의 철학이었다.

게임이 시작됐다.

이신은 빠르게 테크 트리(Tech tree : 기술계통도)를 올렸다.

군량고, 병영, 광산, 기갑정거장.

완성된 기갑정거장에서 곧바로 고속전차를 1기 뽑으며, 다시 기갑정거장 1개를 더 건설했다.

초반부터 고속전차로 견제를 펼치며 주도권을 쥐겠다는 의지. 그의 공격적인 스타일을 가장 잘 살려주는 빌드였다.

앞서 지은 기갑정거장에서 고속전차가 계속 생산됐다.

뒤에 지은 기갑정거장은 기갑부속연구소까지 추가로 건설되면서 기동포탑이 생산됐다.

고속전차 4기, 기동포탑 1기가 생산되자 이신은 곧바로 공격에 나섰다. 건설로봇까지 2기 딸려 보낸 본격적인 공세였다.

　

*　　　　　*　　　　　*

　

'그럴 줄 알았다.'

공격을 온 Player_SIN의 병력을 보며 신지호는 피식 웃었다.

이 시간에 저 병력 구성이라면 2기갑 빌드였다.

시작부터 기갑정거장을 2개 짓고 공세를 펼치는 전략으로, 이신이 군림하던 시절에 유행했다.

초반부터 고속전차로 빠르게 상대를 쥐고 흔드는 이신의 스피드를 아무도 따라잡지 못했던 것.

하지만······.

'시대가 어느 땐데 2기갑 빌드냐, 이 양반아.'

2기갑 빌드는 이신의 은퇴와 함께 사장됐다.

2기갑 빌드로는 절대로 이길 수 없는 새로운 빌드가 탄생했기 때문인데, 그걸 만든 장본인이 바로 신지호였다.

신지호는 이미 참호 건설 후 뒤에 기동포탑도 1기 배치해 방어 태세를 완료했다.

무엇보다 앞마당에 이미 완성된 확장 기지에서 건설로봇들이 열심히 식량·광물 자원을 채취하고 있었다.

이번 공격 한 번만 견디면 자원 우위를 바탕으로 상대를 압도할 수 있었다.

이것이 바로 병영 1개 후 바로 확장 기지부터 가져가는 1병영 더블 빌드의 핵심이었다.

파고들 틈이 없어서 Player_SIN의 병력은 공격을 시도하지 못했다. 다만 신지호의 진영 앞에 지뢰를 깔고 전선을 펼쳐 나오지 못하게 압박할 뿐이었다.

신지호는 넘치는 자원을 바탕으로 기동포탑과 고속전차를 대량 생산했다.

대병력이 모이자 곧바로 진군을 시작했다.

진영 앞에 펼쳐진 상대의 전선 따위는 대병력 앞에서 아무것도 아니었다.

"오오, 간다."

"빌드가 갈린 거지."

"저 옛날 빌드를 인류 대 인류 전에서 왜 쓰는 거야?"

"진짜 은퇴한 사람인가 봐. 작년까지는 썼던 빌드잖아."

뒤에서 구경하던 선수들이 대화를 나눴다.

그런데 그때였다.

"거기 모여서 뭣들 하고 있는 거야?"

연습실에 나타난 방진호 감독이 다가와 물었다.

"감독님, 신지호랑 플레이어 신이랑 게임하고 있어요."

"그게 누구야?"

"온라인 고수요. 자기 말로는 은퇴한 선수라는데 진짜 잘해요."

"은퇴?"

방진호 감독은 고개를 갸웃거리며 신지호의 플레이 화면을 함께 보았다.

게임은 신지호가 압도적으로 유리했다.

대병력을 이끌고 진출한 신지호는 센터를 장악하고 전선을 높게 올려 상대의 활동 폭을 좁혔다.

이대로라면 신지호의 무난한 승리였다.

"그냥 무난하게 이겼잖아?"

방진호 감독이 싱겁다는 듯이 말했다.

"빌드가 갈렸어요. 상대가 2기갑 빌드였거든요."

"요즘 2기갑을 왜 해?"

"은퇴한 사람이라 그런가 보죠."

"나 참, 이신이라면 모를까 요즘 세상에 2기갑은……."

그렇게 중얼거리다가 방진호 감독은 흠칫했다.

그러고 보니 상대의 아이디가 플레이어 신이라고 했다.

거기다가 은퇴한 선수랬다.

'이신?!'

이신의 손목이 어느 정도 회복됐다는 사실은 얼마 전에 찾아간 방진호 감독만이 아는 사실.

'설마……'

게임을 보는 방진호 감독의 태도가 달라졌다.

신지호는 총 3개나 되는 확장 기지를 돌리며 상대를 계속 압박하고 있었다.

공격에 들어가지는 않지만 본진에서 나오지 못하게 해서 자원 부족으로 말려 죽일 참이었다.

만약에 상대가 정말 이신이라면 이대로 맥없이 무릎 꿇지는 않을 터였다.

'왕년의 이신이라도 힘든 상황이긴 하지.'

애당초 저런 상황까지 가지 않아야 했다.

그때였다.

상대를 틀어막고 있는 신지호의 전선에 소수의 유닛이 나타났다.

전술위성 2기와 고속전차 2기였다.

'어?'

전술위성들이 고속전차들에게 디펜시브 실드를 걸어주었다.

실드의 푸른빛에 감싸인 고속전차 2기가 신지호의 전선에 돌진했다. 전술위성 2기도 뒤따랐다.

퍼퍼퍼펑—!

신지호의 기동포탑들이 일제히 불을 뿜었지만, 실드에 보호된 덕에 견뎌내고 가까이 접근하는 데 성공한 고속전차 2기.

기동포탑들은 포격모드 상태에 있을 땐 근거리 공격이 불가능했다.

그러나 이를 보호하기 위해 함께 있는 신지호의 고속전차들이 응전했다.

집중 타격을 받아 실드가 다 깎였을 즈음, 아슬아슬하게 고속 전차 2기가 폭사되기 직전에 지뢰 2개를 매설했다.

그리고……

"우와!"

"뭐야 저거!"

"어?!"

선수들이 경악했다.

엄청난 컨트롤이 펼쳐졌다.

지뢰 2개가 매설되는 순간, 신지호는 날렵하게 지뢰들을 일점사했다.

그러나 그보다 살짝 먼저, 전술위성들이 지뢰에 디펜시브 실드를 걸어버렸다!

찰나의 순간에 펼쳐진 컨트롤이었다.

실드에 보호된 지뢰는 신지호의 일점사에도 제거되지 않고 발동되었다.

콰르르릉—!!

인근에 있던 기동포탑 4기와 고속전차 5기가 지뢰 2개의 폭발에 휘말려 폭사당했다.

"저게 가능한 거였어?"

"센스 작살이네."

"어떻게 그 짧은 순간에 지뢰에다가 디펜시브를……"

경악한 선수들이 웅성거렸다.

방진호 감독은 전율로 몸이 떨렸다. 팬들이 저 장면을 봤다면 엄청난 환호를 질렀으리라.

그런 명장면을 매번 만들어낼 줄 아는 선수가 있었다.

'이신이다!'

확신이 든 방진호 감독이었다.

뚜껑이 열리자 내용물이 쏟아지듯, 이신의 병력이 밖으로 일제히 튀어나왔다.

물론 틀어막고 있던 전선 하나를 뚫었다고 판세가 뒤집힌 건 아니었다.

확장 기지 3개를 보유한 신지호.

확장 기지가 앞마당 1개밖에 없는 이신.

지금 이 순간에도 채취되는 자원의 양이 달랐다.

하지만 방금 선보인 묘기에 가까운 컨트롤로 일방적이었던 흐름이 잠시 이신에게로 넘어갔다.

저런 슈퍼 플레이로 상대를 위축시킨 뒤에 반격에 나서는 것이 이신의 스타일이었다.

기회를 잡은 이신은 질풍노도처럼 움직였다.

신지호의 개인 화면으로 게임을 보고 있던 방진호 감독은 전율을 느꼈다.

"또다!"

"저걸 또 했어!"

다시 한 번 디펜시브 실드를 건 지뢰로 전선에 구멍을 내고 전진.

신지호는 전진하는 이신의 병력을 막기 위해, 무너진 전선을 뒤로 물려 재구축해야 했다.

하지만 센터는 여전히 신지호가 잡고 있었다. 센터를 장악한 이상 맵의 대부분이 신지호의 세력권이었던 것.

방어를 튼튼히 구축한 신지호는 레이더로 6시 지역을 탐지했다.

이신이 6시 지역에 확장 기지를 건설하는 모습이 포착됐다.

저걸 허용하면 고립시켜 자원 고갈로 나가떨어지게 만드는 전략이 무위로 돌아간다.

신지호는 병력을 따로 차출해 이신의 방어선을 크게 우회하여 6시 지역으로 진격했다.

하지만 그때였다.

—적의 공격을 받았습니다.

—적의 공격을 받았습니다.

잇달아 들리는 안내음.

신지호의 3시 확장 기지와 1시 본진 앞마당이 동시다발적으로 습격당했다.

항공수송선으로 두 지역에 병력을 드롭해 기습해 온 것.

신지호는 진격하던 병력을 물려 두 지역을 방어해야 했다.

—적의 공격을 받았습니다.

—적의 공격을 받았습니다.

또다시 울려 퍼지는 연속 안내음.

"뭐야, 씨발."

신지호는 나직이 욕설을 하며 디펜스를 했다.

상대는 계속 소수 병력으로 게릴라를 펼치고 있었다.

끊임없는 견제 플레이로 신지호가 대규모 공격을 하는 타이밍을 지연시켰다.

결국 이신의 6시 확장 기지는 활성화되었다. 부족했던 자원을 확보하게 된 것.

'저 스피드!'

상대를 끌려다니게 만드는 초고속의 공격 템포.

그러는 와중에도 확장 기지를 구축하고 병력을 생산하는 불꽃같은 멀티태스킹.

전성기 이신의 향취가 나고 있었다.

난전이었다.

신지호는 전 지역에 대공포를 설치해 항공수송선이 침범해 오는 것을 원천봉쇄했다.

디펜스를 빈틈없이 해둔 후에 대병력을 움직여 이신의 생명줄 같은 6시 확장 기지로 진격했다.

이신은 지뢰를 잔뜩 매설해 진격을 방해했다.

신지호는 레이더를 사용해 매설된 지뢰를 찾아 제거하며 나아갔다.

6시 확장 기지는 방어 태세가 충분히 되어 있었다. 이신도 병력상으로는 밀리지 않는 수준까지 회복한 것.

하지만 신지호는 아랑곳하지 않고 희생을 감수하며 공격을 시작했다.

병력상 동등해도 자원상으로는 신지호의 압도적인 우세.

병력을 잃어도 얼마든지 다시 뽑을 수 있으니 서로 살을 깎아 먹는 싸움을 거는 것이었다.

콰콰쾅!

퍼퍼퍼펑─!

포격모드로 변신한 서로의 기동포탑들이 일제히 불을 뿜었다.

풍전등화처럼 위태로워진 6시 확장 기지. 그러나 끈질기게 지원군이 나타나며 아슬아슬한 디펜스를 계속했다.

그러면서 일부 고속전차는 빠르게 우회하여 신지호의 배후에 지뢰를 매설했다.

뒤이어 오는 신지호의 지원 병력이 지뢰 때문에 합류가 계속 늦어지고 있었다.

그와 동시에,

─적의 공격을 받았습니다.

지뢰를 다 매설한 고속전차들로 신지호의 확장 기지를 기습했다.

신지호가 대병력을 끌고 오느라 전선이 느슨해진 빈틈을 파고든 것이었다.

신지호의 이마와 목에서 땀이 흘렀다.

결국 공격을 중단하고 이신의 기동포탑 사정거리 밖으로 물러났다.

6시 확장 기지 타격에 실패한 것이다.

재정비를 위해 공격을 접은 신지호는 게릴라를 들어온 상대의 소수 병력을 제거하고 전선을 다시 복구했다.

그러면서도 수시로 레이더로 지역 곳곳을 찍어보니, 7시에 이 신의 새 확장 기지가 완공되고 있었다.

"와!"

"저거 언제 만든 거야?"

"아까 그렇게 피 튀기게 싸우는 와중에 했나 봐."

"멀티태스킹 미쳤다. 왜 은퇴한 거야?"

혀를 내두르는 선수들.

'절대 안 진다, 이 새끼야!'

신지호는 이를 악물었다.

그는 현역 톱클래스 프로게이머. 적어도 인류 종족 유저 중 신 지호보다 잘하는 선수는 한국에 없었다.

현역 선수 중에서는.

신지호의 판단은 바로 스텔스 전투기였다.

항공정거장을 잔뜩 건설해 스텔스 전투기를 잔뜩 생산하기 시 작했다.

지상전에 치중된 이때에 비행 유닛으로 주도권을 쥐겠다는 의 지였다.

스텔스 전투기들이 일제히 상대의 진영을 덮쳤다.

스르륵—

스텔스 모드가 되어 투명해진 전투기들. 보이지 않는 편대가 적 지상 병력에 폭격을 가했다.

그런데 바로 그때였다.

스르륵—

스텔스 모드가 실행되는 소리.

'뭐?!'

신지호는 깜짝 놀랐다.

상대도 같은 판단을 내리고 스텔스 전투기를 준비한 것이다!

공중전의 개막!

스텔스 모드로 보이지 않는 서로의 전투기 편대가 숨 막히는 싸움을 개시했다.

레이더를 뿌려서 상대 전투기를 밝힌 뒤에 일제히 미사일을 쏴 격추시킨다.

빠른 손과 정교한 컨트롤이 요구되는 한 판 대결이었다.

그리고…….

퍼엉! 퍼펑! 펑!

신지호의 스텔스 전투기들이 하나둘 격추되었다.

'안 돼!'

진땀을 흘리며 컨트롤에 매달리는 신지호.

그러나 상대의 전투기 편대는 날렵했다.

날아들었다가 미사일을 쏘며 일제히 뒤로 빠져 버리는 컨트롤의 연속. 공중전에서 신지호의 패색이 점점 짙어졌다.

공중을 제압하자 상대는 지상 병력도 움직였다.

공중의 지원을 받으며 진격!

신지호의 전선을 돌파하고 확장 기지 두 곳을 일시에 들이쳤다.

콰콰콰쾅—!

'이럴 수는 없어!'

신지호는 필사적으로 매달렸지만 한 번 기울어버린 승부는 건잡을 수 없었다.

파괴되는 자신의 확장 기지.

늘어나는 상대의 확장 기지⋯⋯.

결국,

—GOD_JiHo : GG

"지, 지호가 졌어⋯⋯."

"지호 형이? 대체 누구야, 상대?"

"공중전에 힘준 게 잘못이었어. 상대가 컨트롤로 완전히 발랐어."

"세상에⋯⋯."

선수들은 나지막한 목소리로 수군거렸다.

귀에서 이어폰을 뺀 신지호는 분해서 씩씩대며 키보드를 두들겼다.

—GOD_JiHo : 바로 한 게임 더 가죠.

승부욕이 강한 신지호였다. 누군지도 모를 놈에게 무릎 꿇고서 그냥 넘어갈 수는 없었다.

하물며 그냥 패배도 아니고, 다 이긴 게임을 역전 당했다!

―Player_SIN : 싫어, 힘들어.

―GOD_JiHo : 그럼 조금 쉬었다가 하죠?^^

부글부글 끓었지만 욕을 하고 싶은 걸 꾹 참은 신지호였다. 하지만 상대는 일방적이었다.

―Player_SIN : 팔 저려. 다음에 해.

상대의 접속이 끊겼다.

"크아아아! 씨발―!!"

신지호는 키보드를 주먹으로 내려치며 고함을 질렀다.

"야, 참아!"

"지호 형!"

선수들이 발작하는 신지호를 뜯어 말렸다.

결국 방진호 감독의 지시에 따라, 휴식을 취하러 연습실을 떠나 버렸다.

방진호 감독은 신지호의 PC를 조작하며 방금 게임의 리플레이를 따로 저장했다.

마우스를 만지는 방진호 감독의 손이 흥분으로 떨렸다.

'이신 이 새끼!'

신지호를 이겼다.

그것도 빌드가 갈려 버린 불리한 판세를 역전시켰다.

이 관객들이 봤으면 엄청난 열광의 도가니에 휩싸였으리라!

'충분히 선수 복귀도 가능하잖아!'

지금 당장 1군 주전을 꿰찰 수 있는 수준!

'이럴 때가 아니지!'

방진호 감독은 급히 박상혁 단장이 있는 사무실로 뛰어갔다.

제7장

코치

'기분 좋긴 한데 조금은 찜찜하군.'

물을 마시며 이신은 생각했다.

짜릿한 역전승!

완전히 불리한 판세를 힘으로 스피드로 뒤집었으니, 그 기분은 일반적인 승리보다 훨씬 짜릿했다.

하지만 승리를 만끽하면서도 이신은 냉정하게 판단을 했다.

신지호는 상대가 자신이라는 걸 몰랐다.

봉쇄 전략으로 상대를 자원 부족으로 고사시키려던 신지호의 전략 미스였다.

시간을 준 덕에 이신은 본진과 앞마당 자원을 쥐어짜 역전에 나설 최후의 병력을 마련할 수 있었다.

신지호가 만약 상대가 이신이란 걸 알았다면, 절대 시간을 주지 않았을 터.

결국 신지호의 방심에 기댄 승리였다.

'그나저나 새로운 빌드인가 보군.'

리플레이 영상을 보며 신지호의 플레이를 공부하는 이신.

병영을 짓고 바로 앞마당 확장 기지를 가져가는 빌드 순서에 이신은 깜짝 놀랐다.

그런데도 2기갑 빌드의 선제공격을 충분히 막을 수 있는 방어가 구축됐다.

'이러면 2기갑 빌드를 쓸 수가 없지. 내가 요즘 추세를 너무 몰랐다.'

지난번에 경기장에 갔을 땐 인류 대 인류 전이 없었기 때문에 새 빌드를 볼 기회가 없었다.

그걸 이제야 확인하게 된 것이다.

'한번 해보자.'

이신은 새로운 게임을 시작하며, 신지호의 플레이를 똑같이 따라했다.

확실히 부유한 자원을 갖고 시작할 수 있어서 좋았다.

다만 초반부터 공격적인 이신의 스타일과는 거리가 멀었다.

'이러면 인류 대 인류 전은 팬들이 보기에 지루할 텐데.'

가뜩이나 방어에 특화된 종족인 인류.

둘 다 부유하게 시작하면, 서로 규모가 커졌을 땐 더더욱 섣불리 상대를 공격할 수 없어진다.

결국 전선을 구축하고 세력 다툼을 벌이는 장기전이 된다.

'다른 빌드가 더 있나 살펴보자.'

은퇴하고서 벌어졌던 인류 대 인류 전 경기를 보며 공부하기 시작했다.

그런데 문득, 그의 오래된 3G 폴더폰이 진동을 했다. 액정을 보니 발신자는 방진호 감독이었다.

"여보세요?"

—너지?

"뭐가요?"

—아까 신지호랑 붙은 거!

"제가 신지호랑 왜 붙습니까?"

—플레이어 신, 그거 너 맞잖아 인마.

"그게 누굽니까?"

—구라 까지 말고 솔직히 불어. 너 아니면 누가 그 스피드로 신지호를 몰아세워?

"그런 선수가 있었습니까? 그럼 어서 영입하시죠."

—너 맞잖아. 은퇴한 선수라던데 너 아니면 누구야?

"현역 선수가 거짓말하는 건지 누가 압니까? 아무튼 전 아니니 귀찮게 하지 마십시오."

그러면서 폴더폰을 닫아버렸다.

잠시 후 다시 방진호 감독에게 전화가 걸려왔다.

—왜 끊어 새꺄?

"용건 끝난 줄 알고요."

—하여간 싸가지 하고는. 코치 정말 할 거야?

"할 겁니다. 절 영입할 용의는 있으십니까?"

—있긴 한데 계약은 조금 미루자.

"왜요?"

—신지호 재계약부터 먼저 해야 돼. 어차피 코치는 이적 시즌
아니어도 고용할 수 있잖아.

"여름 이적 시장 끝날 때까지만 기다리죠."

—그래, 근데… 정말 너 아냐?

"아닙니다. 손목도 아직 시원찮은데 무슨 신지호랑 게임입니
까?"

—에이, 좋다 말았네.

통화가 거칠게 끊겼다.

그렇게 통화를 마치고 다시 게임을 하고 있을 때였다.

—쪽지가 도착했습니다. 확인하시겠습니까?

이신은 확인을 눌렀다.

쪽지 내용은 다음과 같았다.

안녕하십니까. MBS의 감독 방진호라고 합니다.

Player_SIN 님의 실력에 경탄해 이렇게 쪽지를 보내게 되었습니다.

괜찮으시다면 직접 만나 이야기를 해보고 싶은데, 꼭 연락을 주셨으
면 좋겠습니다.

이신은 피식피식 웃었다. 가볍게 답장을 보냈다.

―재미있냐? 사기꾼 즐ㅗㅗ

＊　　　　＊　　　　＊

2020년 6월, 월드 SC 그랑프리가 시작되었다.

세계 e스포츠의 축제.

한국에서도 작년 프로리그 승률 3위권의 세 선수가 개인전에 출전. 단체전에도 작년 프로리그 우승 팀 쌍성전자가 출전했다.

그리고 참가하지 않은 나머지 팀에게는 휴식이 주어졌다.

하지만 월드 SC 그랑프리 외에도 e스포츠 팬들의 관심을 모으는 이벤트가 있었다.

6월은 바로 이적 시즌이었던 것.

응원하는 팀이 어떤 선수를 영입할 것인가, 혹은 보낼 것인가가 주목되는 시기였다.

올해 여름 이적 시장의 가장 큰 대어는 바로 MBS의 에이스 신지호.

작년 프로리그 승률 4위.

이신이 없는 현재 명실상부한 국내 최고의 인류 플레이어.

계약 기간이 분명 끝날 때인데 아직 재계약 소식이 들리지 않자, MBS 팬들은 불안에 휩싸였다.

가뜩이나 여러 팀에서 노리는 올해 0순위 타깃.

이러다 정말로 딴 팀에 에이스를 빼앗기는 건 아닌지 걱정이 들었다.

MBS팀 운영진도 안달복달 하기는 마찬가지였다.

역사가 짧은 e스포츠의 특성상 팀보다 선수 개인에 더 애정을 갖는 팬이 대다수.

딱히 팀마다 연고지가 있는 것도 아니므로, 신지호가 다른 팀에 가버리면 덩달아 이탈해 버리는 팬들이 상당할 터였다.

박상혁 단장은 MBS 방송국 상부에 건의해서 연봉을 더 높게 불러야 한다고 피력했지만, 끝내 허가를 받지 못했다.

나이 많고 보수적인 방송국 경영진에게 e스포츠는 아직도 애들 장난 정도이며 필요 이상의 투자는 낭비였다.

결국…….

"죄송하게 됐습니다, 감독님."

고개 숙이는 신지호.

"그래, 어쩔 수 없지. 너나 나나 프로니까."

방진호 감독은 차분하게 수긍했다. 얼굴은 불편했지만, 냉정한 프로의 세계이니 떠날 선수는 떠나보내는 수밖에.

그게 자신이 연습생 시절부터 키운 애제자 같은 선수라도 말이다.

"쌍성전자에 가더라도 감독님의 은혜는 잊지 않겠습니다."

그랬다.

작년 프로리그에서 우승한 강팀 쌍성전자는 기어코 신지호를 빼앗아가 버렸다.

2년간 연봉 8억!

e스포츠계의 레알 마드리드를 꿈꾸는지, 엄청난 1군 라인업을 갖췄음에도 신지호까지 영입해 버린 것이다.

다른 팀들도 탐낸 신지호였기에, MBS가 제안한 2년간 5억이라는 조건은 초라할 뿐이었다.

그렇게 신지호는 자기 짐을 챙기고 팀을 나가 버렸다.

이제 연습실에도, 숙소에도 신지호의 자리는 비어버렸다.

'이렇게 된 이상 이신이라도 데려와야지.'

신지호가 없어졌으니 MBS에 이신을 반대할 사람은 없었다.

신지호를 잃고 끊어질 팬들의 관심을 붙잡아줄 스타가 필요했다. 그게 선수가 아닌 코치라 하더라도 말이다.

신지호에게 주려고 했던 연봉만큼의 돈도 비었기에 이신이 제안한 연봉 1억쯤은 줄 여유가 있었다.

박상혁 단장도 동의했고, 마침내 이신에게도 연락을 취해 고용 의사를 밝혔다.

'정말 아닌가?'

방진호 감독은 Player_SIN을 떠올렸다.

명백하게 신지호를 압도한 경기력!

그런 선수를 얻으면 신지호를 잃은 전력 손실을 메우고도 남는다.

하지만 Player_SIN과의 쪽지 대화는 영 잘 풀리지 않았다.

아무리 간절히 설득해도 방진호 감독을 사기꾼으로 몰며 욕설 가득한 답장만 날아올 뿐이었다.

"혹시나 현역 프로 새끼가 장난친 거면 절대 가만 안 놔둔다."

방진호 감독은 주먹을 불끈 쥐고 부르르 떨었다.

*　　　　*　　　　*

"뭔 기자가 이렇게 많아?"

방진호 감독이 질린 얼굴로 중얼거렸다. 박상혁 단장도 긴장
으로 굳기는 마찬가지였다.

저렇게 득시글거리는 기자들 앞에 서는 것은 처음이었기 때문
이다.

그러나 선글라스를 낀 이신은 덤덤한 표정이었다.

'저쯤은 돼야지.'

e스포츠 관련 언론뿐만 아니라, 연예부 기자들까지도 모였다.

이신의 치명적인 손목 부상과 관련해 온갖 루머가 난무했고,
결국 어떤 정황도 밝혀지지 않은 채였기 때문이다.

시간이 흘러 조금 잠잠해졌나 싶었을 때, 이신은 다시 경기장
에 나타나 깜짝 해설까지 하며 다시금 관심에 불을 지펴놓았었
다.

그러니 기자들이 벌 떼처럼 모여든 건 당연했다.

이신은 문을 열고 성큼성큼 걸어 나갔다. 긴장한 기색 따윈
전혀 안 보였다.

"저놈은 전혀 안 쪼는군."

"천생 스타잖습니까."

부랴부랴 방진호 감독과 박상혁 단장도 따라 들어갔다.

찰칵찰칵! 찰칵!

쏟아지는 플래시 세례.

그럴 줄 알고 선글라스를 꼈기에 이신은 표정은 조금도 변하지 않았다.

"에, 저희 MBS팀은 팀에 새로운 활력을 불어넣기 위하여 이신 선수를 코치로 영입하기로 하였고……."

박상혁 단장이 주절주절 발표문을 읊기 시작했다.

기자들은 잠자코 발표가 끝나고 질문 타임이 오기만을 기다렸다.

마침내 발표가 끝났다.

기자들이 벌 떼처럼 질문을 퍼부었다.

이신은 손을 들어 제지하고는 한 명씩 지목해 질문을 받았다.

"괴한의 습격으로 부상을 당하셨는데 그 사건에 대해 어떻게 생각하십니까?"

"안타깝게 생각합니다."

회견장이 웃음바다가 되었다.

다른 기자가 지목 받아 질문했다.

"습격과 관련하여 온갖 음모설에 제기되고 있는데 이에 대해 짐작되시는 바가 있으십니까?"

"범인이 잡히지 않은 이상 알 수 있는 건 아무것도 없습니다."

"일설에는 황병철 선수의 사주라는 루머까지 나도는데요."

"같은 대답 반복 안 합니다. 다른 분."

이신은 자극적인 질문도 대수롭지 않게 넘겼다.

그런데 기자들은 집요했다.

"황병철 선수의 작년 후반기 개인리그 우승은 이신 선수의 부상 덕분인데요, 사건 배후에 황병철 선수 측이 관련되어 있을 가능성이 있다는 데 동의하십니까?"

저런 무례한 질문은 삼류 스포츠 신문사 기자의 것이었다.

이신은 표정 변화 없이 입을 열었다.

"황병철 선수가 큰 무대에서 저를 만나면 늘 멘탈이 맛이 가곤 했습니다만, 그 정도는 아닐 겁니다."

기자들이 또다시 웃었다.

방진호 감독은 질린 얼굴로 이신을 바라보았다.

'저딴 소릴 서슴없이 지껄이니 친구가 없지.'

"이제 선수로서는 은퇴하신 겁니까?"

"손목이 조금씩 나아지고 있지만 아직 선수 복귀는 시기상조입니다."

여러 가지 질문과 대답이 오간 후에 마지막으로 세 사람은 일어서서 함께 손을 모은 포즈로 사진을 찍었다.

그리고 다음 날.

—성적 저조 MBS의 초강수는 '이신 코치'

—신의 귀환!

—MBS 코치로 돌아온 이신, "선수 복귀도 고려"

―이신, 황병철 선수 관련 음모설에 대해 "그 정도로 맛 가진 않았을 것"

―코치로 복귀한 이신, 해외언론의 주목도 이어져.

―방 감독과 이신, 앙숙의 기묘한 재회.

―방진호 감독의 삼고초려? 이신 영입 성공!

―화제의 이신 슈트 패션.

팀을 상징하던 간판 에이스 신지호를 잃은 이후 MBS팀은 오랜만에 주목을 받았다.

그야말로 이신 효과!

신지호가 떠난 이상 MBS팀의 유일한 스타는 방진호 감독이라는 우스갯소리까지 있었다.

실력과 별개로 MBS팀에는 신지호 외에 스타성이 있는 선수가 전혀 없었다. 그런 MBS팀에 새로운 스타가 영입된 것!

물론 선수가 아닌 코치였지만.

이신과 방진호 감독, 그리고 박상혁 단장이 함께 찍은 사진은 인터넷 커뮤니티를 온통 점령했다.

특히나 감색 슈트를 입은 늘씬한 이신의 외모는 많은 화제가 되었다.

―슈트 입은 신 오빠 ㅠㅠ 살아 있길 잘했어! ㅠㅠ

―오빠가 돌아왔다!

―이제 MBS팀으로 갈아타야 할 때가 왔구나.

—신 오빠 슈트 패션을 보기 위해서라도 MBS 경기는 챙겨봐야 할 듯!

—전 부산이라서 너무 멀어요. ㅠㅠ 대신 온라인 관람권은 꼬박꼬박 살 거예요. 우리 불쌍한 이신 오빠에게 힘이 되어드려야죠. ㅠㅠ

—이신교도들이여 돌아와라!

—신께서 부활하셨다! 이신교 교도들 다시 집합!

—MBS 경기 입장권 팔리는 소리 들린다.

—ㅋㅋ코치 보려고 경기장에 ㅋㅋㅋㅋ

—저 슈트 어디 브랜드임?

—님들 이신 슈트 브랜드 좀······.

—저 슈트는 이신교에서 투표를 거쳐 선별해 바친 공물입니다. 역시 잘 어울리네요. ^^

—ㅋㅋㅋ 근데 댓글에 MBS 선수들 얘기 하나도 없음 ㅋㅋㅋ

—ㅋㅋㅋ 역시 MBS 투명선수단!

—MBS 선수들 단체로 투명망토 쓴 걸로 유명함 ㅎㅎㅎ

—원래 신지호와 암흑사제군단이었는데, 이제 신을 섬기는 진정한 암흑 사제군단이 된 것임!

그렇듯 다시 돌아온 이신에 대한 주목은 고스란히 MBS팀의 인지도로 이어졌다.

후반기 프로리그를 앞두고 MBS팀은 예상 밖의 호재를 만난 셈이었다.

"화제성도 노리긴 했지만 이 정도로 홍보 효과를 거둘 줄은 몰랐는데."

박상혁 단장은 입이 귀에 걸릴 지경이었다.

이신의 연봉 1억 때문에 고민이 많았지만, 이제 보니 팀 인지도 상승효과만으로도 본전 이상은 거둔 셈이었다.

'이제 팀 성적만 좋아지면 된다.'

에이스 신지호를 지키지 못했기에 어렵긴 하지만, 이신의 코칭 효과가 나타나 선수들의 역량이 상승하면 바닥을 기는 성적도 호전될지 몰랐다.

박상혁 단장은 MBS팀의 밝은 앞날을 꿈꾸기 시작했다.

*   *   *

MBS팀의 연고지는 목동.

팀 연습실은 MBS방송국 5층에 위치한다. 언뜻 보면 PC방을 연상케 하지만, 엄연히 수많은 선수가 인생을 걸고 있는 장소다.

선수들이 한참 연습 게임을 하고 있을 때였다.

연습실 문이 열리고, 두 사람이 나타났다.

"오셨습니까!"

"안녕하세요!"

선수들은 일제히 인사했다. 방진호 감독은 고개를 끄덕였다.

평소에는 대충 인사만 한 뒤 다시 게임에 전념했지만 오늘은 달랐다. 다들 방진호 감독과 함께 온 남자에게 주목했다.

"자, 다들 잠깐 주목!"

방진호 감독이 손뼉을 치며 소리쳤다.

선수들은 게임을 종료하고 감독을 응시했다.

"자, 누군지 알지?"

방진호 감독은 자신이 데려온 젊은 미남자를 가리켰다.

인터넷 뉴스에서 화제를 뿌렸던 감색 슈트를 입고 나타난 25세의 훤칠한 청년.

e스포츠 관계자라면 누구나 알 수밖에 없는 얼굴이었다.

"이신입니다. 오늘부터 코치가 되었습니다."

이신이 말문을 열었다.

자신보다 나이 많은 선수도 몇몇 있었기에 인사는 정중하게 했다.

하지만 이어지는 말은 결코 정중하지 않았다.

"암흑사제들이라 불리는 여러분 중에서 스타를 키워내는 것이 코치로서의 제 첫 목표입니다."

암흑사제는 보이지 않는 암살자 콘셉트의 신족 유닛을 뜻하지만 '투명망토군단'과 함께 MBS팀 선수들의 별명이기도 했다.

당연히 선수들의 표정이 일제히 일그러졌다.

"말 가려서 해라."

방진호 감독이 으르렁거렸다. 선수들의 심정을 대변한 한마디였다.

팬들의 사랑으로 먹고사는 일을 하면서 존재감 없는 선수로 낙인찍힌 것이 얼마나 서글픈지 겪어보지 않은 사람은 모른다.

즉, 이신은 절대로 모른다. 한 번도 안 겪어봤으니까.

"됐고, 인사 끝났으면 연습들 해."

방진호 감독의 말이 끝나자 선수들이 구시렁거리며 제자리로 돌아갔다.

방진호 감독은 이신에게 손가락을 까닥이고는 전략회의실로 들어갔다.

따라 들어온 이신에게 방진호 감독이 말했다.

"일단 처음 일주일은 연습 좀 하면서 너부터 감 되찾자."

"예."

"연습 상대는 어떻게 해줄까? 코치들이랑 할래?"

"선수들과 하죠."

"인마, 연습이라도 선수들한테 실컷 깨지고 나면 우습게 보일 수 있어."

"선수 상대 아니면 연습이 안 되죠. 날 우습게 보든 말든 상관도 안 하고."

방진호 감독은 그런 이신을 빤히 쳐다봤다.

얕보여도 상관없다는 낯짝 철판 마인드. 어쩌면 이신의 가장 큰 강점은 저 멘탈인지도 몰랐다.

"그래, 마음대로 해. 네 자리 마련해 줄 테니까 연습실에 있는 애들 아무나 데리고 연습해."

"예."

"그리고."

"……?"

방진호 감독이 좀 더 진중한 어조로 말했다.

"아까 스타를 키워낸다고 했지?"

"그랬죠. 그러려고 나 부른 거잖아요."

"그래, 실은 그게 너를 코치로 영입한 진짜 이유다."

"신의 제자."

이신의 한마디에 방진호 감독은 고개를 끄덕이며 시인했다.

"그래."

이신은 MBS팀이 자신에게 무엇을 원하는지 정확하게 파악하고 있었다.

신의 제자.

이신의 코칭을 받는 선수에게는 그런 타이틀이 붙는 것이다!

이신이 말했다.

"아무나 대고 제 이름 팔게 하고 싶지는 않고, 제 제자는 제가 직접 고르죠. 동의합니까?"

"1군 애들 중에서 고르면 안 되겠냐?"

현재 MBS팀의 1군 선수는 10명. 그중 이신과 같은 인류 유저가 3명이었다.

나머지는 2군이나 연습생.

"플레이 스타일을 보고 결정하겠습니다."

"그래라."

*　　　　*　　　　*

이신은 곧 자신의 자리를 배정받았다.

넥타이를 풀어헤치고 재킷을 의자에 걸어놓았다.

가죽 백팩에서 챙겨온 자기 전용의 키보드와 마우스를 꺼냈다.

연습실의 선수들과 연습생들은 그런 이신을 멍하니 바라보고 있었다.

게임의 신.

스페이스 크래프트의 신.

세계 e스포츠의 신.

온갖 화려한 수식어가 전혀 어색하지 않은 불세출의 스타가 같은 연습실에서 게임을 하려고 한다!

저절로 눈길이 가는 건 어쩔 수 없었다.

"저 봐, 게임 접속한다."

"연습하려나 보네."

"손은 괜찮나?"

"인터넷 기사 보니까 좀 나아지긴 했대."

선수들이 수군거릴 때였다.

문득 선수들 쪽을 돌아본 이신이 무작위로 한 명을 지목했다.

"짭신."

"예?"

지목된 사람은 바로 MBS 주전 박신.

이름도 종족도 키도 이신과 같다는 이유로 '짭신'이라 불리는 불행한 선수였다.

그래도 그 덕에 MBS 암흑사제군단 중에서는 그나마 인지도가 있었다.

"연습하자."

"아, 예."

이신은 신지호와의 게임 이후로 새로 공부한 인류 대 인류 전 빌드를 연습할 참이었다.

선수들은 흥미진진하게 두 사람의 연습 게임을 지켜보았다. 현재의 이신의 실력이 어느 정도인지 궁금했던 것이다.

—Kaiser님께서 입장하셨습니다.

"오오!"

"카이저다!"

e스포츠의 전설이 된 아이디가 등장했다.

—Good_jjab : GG요.

—Kaiser : 그래.

가볍게 인사를 나누고 게임을 시작했다.

하지만 이신은 실력 발휘를 하지 않았다. 컨트롤은 되도록 하지 않고 빌드만 확인하는 선에서 가볍게 플레이했다.

이신에게서 딱히 특별한 플레이가 나오지 않자, 흥미를 잃은 선수들이 각자 자리로 되돌아갔다.

"이 새끼, 너 일부러 살살 하는 거 아냐?"

언제부터 지켜봤는지 방진호 감독이 불쑥 물었다.

이신은 어깨를 으쓱했다.

"또 뭡니까?"

"왜 컨트롤이 그따위야? 보통 빌드는 까먹어도 컨트롤은 안 까먹잖아."

"손목 아파서 잘 못합니다."

"이 새끼 이거 수상한데. 너 진짜 플레이어 신 아냐?"

"자꾸 그 얘긴 왜 합니까? 아직도 그 친구랑 쪽지 주고받아요?"

"그래, 어제는 뭐 인증 샷을 찍어 보내라는 등의 소리를 해서 보냈더니, 10년 전 내 사진과 비교하면서 다르게 생겼다는 등… 아오, 그 새끼 걸리기만 하면 그냥!"

주먹을 불끈 쥐고 부르르 떠는 방진호 감독.

이신은 뻔뻔스럽게 무표정을 유지했다.

"진짜 너 아니지?"

"아니라고요. 제가 그만큼 실력 돌아왔으면 선수 복귀를 하지 코치를 왜 합니까?"

"…그러게."

"저도 선수 하고 싶어 죽겠으니까 사람 그만 약 올리십시오."

"쯧, 수상한데. 그 자식 싸가지는 아무리 봐도……."

끝내 의혹을 떨치지 못하고 찜찜한 얼굴로 돌아서는 방진호 감독. 정말 날카로운 촉이었다.

'정상에 다시 설 수 있기 전에는 복귀 안 한다.'

이신의 결심은 확고했다.

2020년 현재, 이신이 없는 한국 e스포츠 무대에 새로운 최강자들이 탄생한 상태였다.

첫째, 이신의 유일한 대항마였던 '이단자' 황병철.

신에 대항한 유일한 자였던 황병철은 이신이 기권한 작년 후반기 개인리그에서 우승컵을 거머쥐어 만년 2인자의 굴레를 벗었다.

하지만 황병철의 천하는 오래가지 않았다.

둘째, '광기신족' 최영준.

신인인 최영준은 2020년 전반기 개인리그 예선을 무패로 뚫고 올라와 주목을 받더니, 4강전에서 만난 황병철까지 3 대 0으로 완파해 파란을 일으켰다.

이러다가 이신처럼 무패우승을 해버리는 신인이 탄생하는 것 아니냐는 기대감이 일었다. 그만큼 최영준의 포스는 무시무시했다.

하지만⋯⋯.

셋째, '철벽괴물' 박영호.

무패행진을 하는 무시무시한 최영준을 상대로, 박영호는 결승전에서 접전을 치렀다.

끈질긴 디펜스. 죽여도 죽여도 다시 살아나고야 마는 괴물스러운 재생력.

박영호는 엄청난 물량을 퍼붓는 최영준의 광기 어린 공세를 끈질기게 견뎌냈다.

5전 3승 2패.

승, 패, 승, 패, 승.

누가 더 우위라고 할 수 없는 팽팽한 승부였고, 결국 우승컵은 박영호의 차지가 되었다.

이날의 명승부 탓에 박영호와 최영준은 '쌍영'이라 불리며 라이벌 구도가 형성되었다.

그렇게 한국 e스포츠는 황병철, 최영준, 박영호가 최고의 자리를 놓고 다투는 3강 체제였다.

이 3강에 인류 유저가 없자, 일부 팬은 여기에 신지호를 끼워 넣고 4강 체제라 일컫기도 했다.

어쨌거나, 아직은 그 쟁쟁한 강자들을 꺾고 권좌를 탈환할 자신이 없었다.

'아직은 말이지.'

충분한 준비 기간이 필요했다. 코치라는 직업은 그 준비를 하기에 딱 좋은 역할이었다.

제8장
도전

출근 둘째 날.

언제나처럼 걸어서 MBS 방송국에 당도했을 때, 수많은 인파가 이신을 기다리고 있었다.

"이신 선수!"

"첫날 출근은 어땠습니까?"

"손목의 상태는 괜찮으셨습니까?"

일단 모여든 기자들.

다행히 질문하는 기자 수는 적었고, 그저 출근하는 이신의 사진을 찍는 카메라맨이 다수였다.

공식 인터뷰로 충분히 많은 질문에 답변한 까닭에 달리 캐도 나올 게 없었던 것이다.

하지만……

"꺄악! 오빠!"

"이신 오빠!"

"형, 사인 좀 해주세요!"

"대박, 너무 잘생겼어!"

스마트폰 카메라로 사진을 찍어대거나 수첩과 펜을 들이미는 팬들은 이신을 곤란하게 했다.

무시하고 지나가고 싶었는데 하도 길을 막아대고 있어 지나갈 수가 없었다.

대뜸 달라붙어 허락도 없이 셀카를 찍는 작자들도 있어 정신이 하나도 없었다.

그런 와중에도 얼굴 표정이 하나도 변하지 않으니, 과연 신의 멘탈이라 칭할 만했다.

때마침 연습실로 출근하는 MBS팀 선수들이 그 광경을 목격했다.

시장통 같은 상황을 본 선수들이 한마디씩 했다.

"아, 부럽다……."

"나도 관심 받고 싶어."

"한 명이라도 인터뷰해 달라고 요청했으면 좋겠어."

"새꺄, 넌 인터뷰해 달라고 기자한테 졸라야 해."

"씨발, 저게 코치야, 연예인이야."

선수들은 엄청난 인기를 누리는 이신에게 질투와 선망을 느껴야 했다.

그날 오후, 실시간 뉴스 e스포츠 부문이 이신의 기사로 도배되다시피 했다.

—이신 3일째 실시간 검색어 1위!
—이신, 첫날 팀 1군 박신과 연습 게임. '손목 회복 순조로워'
—신의 귀환에 뜨거운 네티즌 반응!
—이신의 복귀, 한국 e스포츠에 새 활력을 불어넣나?
—이신, 선수 복귀 초읽기? '아직 시기상조'
—(칼럼)월드 SC 그랑프리에 기록된 한국의 신화!

e스포츠에 다시 등장한 이신은 그만큼 화제를 모으고 있었다.

마침 월드 SC 그랑프리가 진행 중인 시기라 3년간 세계 정상에 섰던 이신이 더욱 주목을 받는 것이었다.

스페이스 크래프트 관련 커뮤니티는 벌써부터 선수 복귀한 이신과 현 3강을 비교하며 누가 최고인지 논쟁을 벌이고 있었다.

—감히 너희가 우상을 섬기고 있느냐?! 누구를 신과 비교하느냐?
—이단자 황병철은 언론이 억지로 갖다 붙인 라이벌로 늘 이신에게 죽을 쑨 놈. 그리고 전반기 우승자 박영호도 이신 상대로 역대 전적 1승 6패. 그리고 최영준은 그런 박영호에게 진 놈. ㅇㅋ?
—윗분 말씀이 웃기네. 작년까지의 박영호와 올해 각성해서 최강자가 된

박영호가 똑같다고 보시나요? 박영호 현재 경기력은 전성기 이신과 비교해도 됨.

—이신이 가장 위대한 선수였다는 건 인정하지만 다 지난 일이죠. 작년과 비교해도 그동안 선수들 실력이 상향됐고요.

—25세, 아직 젊긴 한데 프로게이머로 치면 환갑……

—전성기 누릴 나이도 지났고 심각한 부상 후유증도 있는데 이제 다시 복귀한데도 개인리그 우승은 불가능하죠.

—인생은 이신이 이겼다. ㅇㅈ?

—ㅇㅈ

—키와 얼굴은 누가 승자인지 알겠다.

—태어나니까 외모로 이겨 있었다.

—통장 잔고가 이미 이겨 있다.

—셋을 다 합쳐도 재산은 이신을 능가 못 함 ㅎㄷㄷ

—오빠♡ 우승 못 해도 괜찮아요. 져도 괜찮아요. 잘생겼으니까 됐어요. TV에 얼굴만 자주 내비치세요♡

—그냥 우리 신 님 프로게이머 관두고 연예인 하셨으면 좋겠다, 히히♡

—무리한 도전 같은 예능에 출연하시면 개꿀일 듯!

—아 놔, 미친년들아 오빠들이 신성한 토론 중인데 끼어들지 마라.

—위에 웃긴다. 방구석 폐인 주제에. 이신 오빠의 0.1%라도 닮아보렴.

—전부 아가리 묵념! 내가 깔끔하게 정리한다. (최영준의 공격력) + (박영호의 방어력) + (황병철의 판단력) = 이신

—이제 월드 SC 그랑프리 개인전 출전한 3강들이 메달 하나 못 따고 돌아오면 이신교도들 외엔 전부 침묵하겠지……

—신지호 : 잠깐, 나는 왜 안 껴주는데??

—ㅋㅋㅋㅋ 신지호 ㅋㅋㅋ

—박신 : 나도 있다!

—ㅋㅋㅋㅋㅋㅋㅋ 짭신! ㅋㅋ

—짭신 ㅋㅋ 키는 안 졌다!

"큭큭큭……."

"뭘 그렇게 재미있게 보십니까?"

갑자기 뒤에서 들리는 목소리.

"헉, 아, 아닙니다. 아무것도!"

모니터를 보며 낄낄대던 박상혁 단장은 화들짝 놀라 Alt와 F4를 연타했다.

"부르셨습니까?"

이신이 물었다.

"예, 이신 코치. 다름이 아니라 요즘 방송국에서 자꾸만 요청이 들어와서 그런데……"

"싫습니다."

"…아직 말도 안 꺼냈는데요?"

상처받은 얼굴이 된 박상혁 단장.

이신이 말했다.

"방송 출연 제의 아닙니까."

이미 수많은 PD에게 제안을 받은 이신이었다.

"예, 맞긴 합니다만 이렇게 주목을 받고 있으실 때, 간단한 토

크쇼 같은 데 출연하시면 본인은 물론 우리 팀의 인지도에도 도움이 되실……."

"싫습니다."

자비가 없는 칼 거절.

방금 받은 상처가 더 벌어져 출혈이 나오는 격! 그러나 박상혁 단장은 힘을 내어 계속 설득했다.

"내키지 않으시다면 게임 관련 프로에 출연하셔도 되고요. 특히 월드 SC 그랑프리 기간이라 특집 방송도 많이 하고, 무엇보다 이신 코치의 다큐멘터리를 찍고 싶다는 PD도……."

"안 됩니다."

"우, 우리 팀을 위해 좀 안 되겠습니까?"

"예, 안 되겠습니다."

박상혁 단장은 울 것 같은 얼굴로 물었다.

"안 되는 특별한 이유라도 있는 건가요?"

"방송 출연에 딱히 거부감이 있는 건 아닙니다. 다만 지금은 시기가 좋지 않습니다."

"시기요?"

"제가 방송에 출연하면 과연 무슨 질문을 받을까요? 범인에 대해 집히는 건 있느냐, 손목은 잘 낫고 있느냐, 안타깝다, 다시 재기하려는 노력이 훌륭하다. 뻔한 신파극입니다."

"……."

"팬들이 제게 관심과 궁금증이 많다는 건 알지만, 지금은 그 궁금증을 풀어줄 때가 아닙니다. 계속 궁금하게 만들어서 관심이 MBS팀에 모이도록 놔둬야지요."

"아……! 그렇게 깊으신 생각을."

비로소 이신의 깊은 속내를 알게 된 박상혁 단장은 감격했다.

"거기까지 우리를 배려하신 건 줄도 모르고 제가 성급했던 것 같군요. 팀을 위한 마음이 정말 감동적입니다!"

"아셨으면 됐습니다."

이신은 단장실을 나서며 덧붙였다.

"그리고 사실 귀찮습니다."

"……."

벅차오르던 감동이 거짓말처럼 사라져 버린 박상혁 단장이었다.

그런 그를 놔두고 사무실을 나서며 이신은 생각했다.

'불필요한 이미지 소모는 필요 없어.'

방송은커녕 당분간은 인터뷰에도 응하지 않고 잠자코 지낼 생각이었다.

다시 스포트라이트를 받을 때는, 권좌에 오르는 순간으로 충분했다.

여느 때처럼 자리에 앉아 연습을 하고 있을 때였다.

"얌마, 나갈 준비해."

연습 중에 뜬금없이 방진호 감독이 다가와 툭 내뱉었다.

이신은 게임을 종료한 뒤 의아한 표정으로 물었다.

"어딜?"

"말 짧다?"

"가긴 어딜 갑니까?"

방진호 감독은 잠시 이신을 패고 싶다는 욕망을 억눌렀다.

"아마추어리그 본선."

"아, 오늘인가?"

"말 짧다?"

"혼잣말입니다."

이신은 자리에서 일어나 벗어두었던 흰색 린넨 셔츠를 겉에 걸쳤다.

그제야 방진호 감독은 이신의 화려한 패션이 눈에 들어왔다.

"전부터 궁금했던 건데, 옷은 네가 신경 써서 입는 거냐 아니면 코디가 따로 있는 거냐?"

이신은 대답 대신 자신의 구형 폴더폰을 열어 문자 메시지를 하나 보여주었다.

내용은 이러했다.

신 님♡ 어제 보트 슈즈 보내드린 거 받으셨죠?

그거 맨발에 신으시고 작년에 보내드렸던 스트라이프 셔츠랑 네이비 슬랙스 입으세요. 겉에 화이트 셔츠 걸치시면 더 좋을 듯! 오늘 컨셉은 마린룩이에요 ^^

사진 찍어서 보내주시면 좋겠는데 신 님은 스마트폰 안 쓰시니 안 되겠죠? ㅠㅠ

광신도 몇 명이 신 님 출근하실 때 사진 찍기로 했어요.

거슬려도 양해 부탁드려요 ;ㅇ;

  오늘도 사랑해요♡

—이신교 대사제 일동

방진호 감독은 문화 충격에 잠시 비틀했다.

'뭐 이렇게 사는 새끼가 다 있지?'

신이라서 그런지, 정말 신 대접을 받고 있었다.

"…아무튼 가자."

"그러죠."

두 사람의 대화를 듣고 있는 연습실의 선수들은 살 떨리는 기분을 느껴야 했다.

여태껏 이신처럼 방진호 감독 앞에서 건방 떨 수 있는 사람은 없었던 것이다. 예나 지금이나 확실히 두 사람은 앙숙으로 보였다.

이신과 방진호 감독은 연습실에서 나와 방송국 지하 주차장으로 내려갔다.

이신은 방진호 감독의 하얀 승용차 보조석에 앉았다.

"면허 땄나?"

"안 땄습니다."

"따, 새꺄."

"시간 나면요."

방진호 감독은 이신이 앞으로도 면허 딸 생각이 전혀 없다는 것을 알아차렸다.

안전벨트 매고 바로 고개 숙여 자는 꼴을 보니 더욱 확신이 들었다. 운전기사를 고용하면 했지 자기가 직접 운전할 놈은 아니었다.

여러모로 속이 부글부글 끓었지만 방진호 감독은 참고 시동을 켰다.

상대가 평범한 선수나 코치였으면 벌써 몇 대는 팼을 터였다.

* * *

보조석에서 졸던 이신은 잠에서 깨어났다.

'이제 다 왔나?'

더 이상 엔진 소리가 들리지 않아 슬며시 눈을 떠보니,

'응?'

이신은 당혹을 금치 못했다.

방진호 감독의 오래된 준중형차 안이 아니었다.

앤티크 양식으로 호사스럽게 꾸며진 넓디넓은 침실이었다.

장정 5인은 족히 잘 수 있는 커다란 침대 위에서 이신은 깨어났다.

"일어나셨습니까, 계약자님."

하얀 피부에 속이 비치는 얇은 비단 드레스를 입은 여인이 공손하게 인사를 건넸다.

그제야 이신은 상황을 파악했다. 그녀는 악마군주 그레모리의 궁전에서 일하는 시녀였다.

"그레모리 님은?"

"군주님께서는 장미 정원에 계십니다. 계약자님께서 깨어나시는 대로 모셔오라 하셨습니다."

"지금 가죠."

"네, 따라오십시오."

시녀는 앞장서서 걸었다.

얇은 드레스 너머로 걸음을 옮기는 시녀의 뒤태가 고스란히 비쳐져서 이신은 어디다가 눈을 둬야 할지 알 수 없었다.

궁전 복도를 지나면서 마주치는 다른 시녀들도 하나같이 아름다웠고, 요사스러움과 공손함이 겸비된 태도를 보였다.

궁전 내부를 꾸며주는 장식품 하나하나에서 비범한 예술성이 풍겨졌다.

온갖 욕망이 모여 있는 듯한 궁전. 이곳이 바로 악마군주의 궁전이었다.

'나를 유혹하는 것 같군.'

모든 것이 그레모리의 의도라는 생각이 들었다.

자, 좋지 않으냐.

이렇게 좋은 곳에서 영원히 있고 싶지 않으냐.

네가 원한다면 그럴 수 있다. 세상 모든 걸 누릴 수 있다.

"도착했습니다."

시녀는 방긋 웃어 보이고는 유유히 물러났다.

이신은 상념에서 깨어나 정원 안으로 걸음을 옮겼다.

장미 정원.

한마디로 표현하자면, 붉은 장미가 벽을 이루고 있는 미로였다. 온통 예쁜 빨간색 꽃잎으로 가득 차 있었다.

갈림길이 나타날 때마다 어디로 가야 할지 알 수 없었지만, 이신은 내키는 대로 걸음을 옮겼다.

자신을 골탕 먹이려고 작정한 게 아니면 미로에서 해매지 않도록 그레모리가 어떤 조치를 취했으리라.

짐작은 옳았다.

멋대로 걸었음에도 이신은 그레모리가 기다리는 정원 중심부에 이르렀다.

이신은 신기하다는 듯이 물었다.

"마법입니까?"

"아뇨. 모든 길이 여기로 이어질 뿐이에요."

"아……."

"잘 지내셨나요?"

그레모리는 상냥하게 웃었다.

붉은 드레스를 입은 악마군주 그레모리. 그녀는 화사한 장미로 둘러싸여 있음에도 어떤 장미보다도 돋보였다.

"예, 덕분에."

"다행이에요."

"절 소환하신 것은 서열전 때문입니까?"

"맞아요. 조만간 71위의 악마군주에게 도전할 생각이에요."

"암두시아스?"

"맞아요. 기억하고 계시네요. 도전하기 전에 충분한 연습이 필요하지 않을까 싶어서요."

이신은 고개를 끄덕였다.

"준비를 해야겠군요. 암두시아스의 계약자가 선호하는 종족과 전장을 알면 더 완벽한 준비가 될 겁니다."

"좋아요. 저는 암두시아스와 서열전을 두 차례 치러봤으니 아는 대로 가르쳐 드리죠. 암두시아스의 계약자는 자코모 카사노바라는 자였어요. 당신과 같은 세계의 인물로 상당한 유명인이니 아마 들어보셨을 거예요."

순간 이신은 황당함을 느꼈다.

카사노바라니? 혹시 그 카사노바 말인가?

이신의 속내를 알아차렸는지 그레모리가 웃으며 설명했다.

"짐작하는 그 인물이 맞아요. 가난한 바이올린 연주자로 있던 시절에 암두시아스에게 음악적 재능을 받는 대가로 영혼을 넘기기로 계약했다고 하더군요. 결국 진지하게 음악에 몰두하지는 않았지만요."

"그런 자를 서열전에 내세웠단 말입니까?"

세기의 바람둥이에 여러 분야에 다재다능한 인물이었다고 듣긴 했다. 하지만 그 재능 중에 군사적인 부분은 없었을 터였다.

"전쟁에 능하다고 반드시 서열전에서도 두각을 보이지는 않아요. 암두시아스는 카사노바의 다재다능함과 약삭빠른 부분에 기대를 걸었던 것이겠죠."

'일리 있는 얘기군.'

이신 자신도 공군에 입대했던 것 외엔 전쟁과 아무 상관이 없으니까.

"어쨌든 카사노바는 엘프와 오크, 마물 세 종족을 두루 사용하고 전장은 제2전장 블루레인을 선호해요."

이신은 잠시 자신이 알고 있는 카사노바에 대한 상식을 떠올렸다.

다재다능, 뛰어난 사교성, 연금술 사기 행각, 여성 편력과 도피생활…….

'선호하는 맵은 하나인데 고르는 종족은 여러 개라…….'

이신은 수많은 모의전을 통해 파악한 제2전장 블루레인의 지형을 떠올려 보고는 고개를 끄덕였다.

"어떤 타입일지 뻔합니다. 도전하지요."

"자신이 있으신가 봐요."

"카사노바는 별로 문제가 될 것 같지 않습니다. 그보다 궁금한 건 보다 상위 서열의 계약자들입니다."

"카이저, 당신은 가장 최근에 계약자가 된 인간이죠. 다른 계약자는 전부 당신보다 앞선 시대의 인물이에요. 대부분 당신도 익히 들어보았을 정도로 명성을 떨친 자들이지요."

그 말에 이신은 묘한 기분이 빠졌다.

나폴레옹, 한니발, 알렉산더, 시저, 칭기즈칸, 한신…….

당장 생각하는 전쟁 천재들만도 수두룩했다.

만약 그런 자들의 천재성이 오랜 서열전 경험과 합쳐졌다면, 과연 얼마나 강한 상대가 될 거란 말인가?

물론 그런 유명 인물들이 모두 악마와 계약했을 리는 없다.

하지만 자신이 손목 때문에 계약을 받아들였듯, 그들 또한 간절한 소원이 있었을지도 모른다.

'세계사 시간에 배운 사람들을 여기서 수없이 만나겠군.'

영웅들과 실시간 전략 시뮬레이션으로 붙는다!

그건 두려우면서도 승부욕을 자극했다.

"현재 최상위 서열의 악마군주들은 전쟁의 천재로 이름을 떨친 인간 영웅들을 계약자로 보유하고 있어요. 그리고 저처럼 계약자를 잘못 선택해 몰락한 경우도 있죠."

"그레모리 님의 전 계약자는 누구였습니까?"

궁금해져서 물어보았다.

그레모리는 한숨을 쉬었다.

"니콜로 마키아벨리라는 사람이었어요. 그 얘긴 그만하도록 해요."

"예."

군주론으로 유명한 마키아벨리의 이름이 나오자 깜짝 놀랐지만 더는 묻지 않기로 했다.

추락과 치욕의 기억을 굳이 들출 필요는 없었으니까.

아무튼 그렇게 현 71위의 악마군주 암두시아스에게 도전하기로 결정되었다.

다음 날부터 이신은 그레모리와 제2전장 블루레인에서 모의전을 했다.

말이 모의전이지 그레모리는 아무것도 하지 않았다.

이신은 느긋하게 블루레인의 지형을 파악했다. 노예들을 대거

풀어서 전장 구석구석을 살폈다.

'내가 직접 돌아다니며 볼 수 있으면 더 좋을 텐데.'

아쉽게도 서열전에는 규칙이 있었다.

[지휘관은 자신이 통제하는 종족의 건물이 있는 곳에서 벗어날 수 없으며, 어떠한 물리적 영향력도 없습니다.]

한마디로 직접 이곳저곳 다니며 정찰 다닐 수 없다는 뜻이었다.

또한 직접 주먹질하며 싸울 수도 없고 말이다.

따라서 정찰은 그냥 소환된 유닛들에게 시키는 수밖에 없었다.

'좀 더 깊숙이 들어가 보아라.'

"예, 계약자님!"

3시 지역을 정찰하는 노예는 예의 그 나이 든 사내였다.

상급 악마 엘티마와의 서열전 때도 이 나이 든 사내가 성공적인 정찰로 맹활약을 펼친 바 있었다.

그 뒤로 이신은 노예를 소환할 때 그를 항상 지목하곤 했다.

보통 지옥에 있는 인물로 아무나 소환되지만, 계약자가 원하면 특정 인물을 소환하는 것도 가능했던 것이다.

나이 든 사내 노예는 열심히 다니며 이신의 눈과 귀가 되어주었다.

'역시 전략적 승부수를 띄우기 좋은 전장이군.'

눈에 잘 띄지 않는 구석진 지형이 많아서 상대 몰래 건물을 숨겨 짓기 용이했다.

또한 본진 앞 마력석 채집장으로 통하는 작은 샛길도 있어서 이쪽으로 기습도 가능했다.

전체적으로 길이 복잡한 지형.

한마디로 도박성 플레이를 하기 좋은 맵이었다.

다재다능했다지만 카사노바가 딱히 어떤 분야에 업적을 남겼다는 얘기를 들어보지 못했다.

한 분야를 깊이 연구하고 노력하지 않았다는 뜻이다.

여러 종족을 두루 사용한다는 카사노바의 서열전 특성도 그런 성격을 시사했다.

'어떻게 나올지 대략 예상되는군.'

다만 종족을 세 가지나 쓰니 변수가 너무 많았다.

이신은 전장을 둘러보며 예상되는 모든 변수를 일일이 머릿속에 입력했다.

'됐다, 이제 돌아와라.'

명령을 받은 나이 든 사내는 헐레벌떡 본진에 돌아왔다.

"만족하셨습니까?"

나이 든 사내가 굽실거렸다.

이신은 고개를 끄덕였다.

명령에 의사와 상관없이 무조건 따르는 건 게임과 서열전의 공통점.

하지만 소환된 사람이 누구냐에 따라 능력과 요령에 차이가 난다는 점이 게임과의 차이점이었다.

이신은 모의전에서 최대한 많은 사람을 소환해서 부려보며 유능한 인물들의 얼굴을 기억해 두었다.

'컨트롤이 적용되지 않는 대신, 유능한 사람을 소환해서 보다 잘 싸울 수 있게 할 수는 있겠군.'

그렇게 이신은 서열전의 요령을 하나둘 깨우쳐 나갔다.

그리고 마침내 도전 당일이 되었다.

*   *   *

그레모리와 이신은 도전 상대인 암두시아스의 궁전으로 찾아갔다.

그레모리가 이신의 어깨에 손을 얹더니 한순간에 텔레포트를 해버렸기에, 순식간에 암두시아스의 궁전 홀 한복판에 도달할 수 있었다.

궁전의 홀에는 아무도 없었다.

싸늘한 정적이 기이하기까지 했다.

"누가 있나 찾아봐야 하지 않겠습니까?"

이신의 물음에 그레모리는 고개를 저었다.

"그는 이미 알고 있어요. 그의 승낙 없이는 이곳으로 텔레포트를 할 수도 없어요. 곧 나타나니 기다리면 돼요."

아니나 다를까.

이윽고 어딘가에서 아름다운 선율의 음악이 흘러나오기 시작했다.

온갖 종류의 악기가 요란스럽게 연주를 해대는데, 놀랍게도 그 모든 소리가 모여서 질서정연하고 은은한 하모니가 되는 것이 신비했다.

어디서, 어느 방향에서 들리는지도 알 수가 없었다. 이신은 아무리 둘러봐도 악사들을 찾을 수 없었다.

이윽고,

—이게 누구신가.

현악기의 연주 소리처럼 기이한 음성이 울려 퍼졌다.

2층과 연결된 긴 계단에서 어떤 존재가 걸어 내려오고 있었다.

그 존재는 인간의 형상이 아니었다.

불길한 핏빛의 갈기털을 가진 하얀 말이었다.

이마에 달린 긴 뿔.

눈동자가 없는 눈.

온몸을 안개처럼 감싸고 있는 어두운 아우라.

신화에 등장하는 유니콘처럼 생겼으나, 저것은 명백한 악마였다.

저 일각수가 바로 서열 71위, 한때 67위였던 악마군주 암두시아스였다.

암두시아스의 등장과 함께 시작된 음악은 계속해서 온 궁전에 울려 퍼지고 있었다.

그 음악을 계속 듣고 있으려니 이신은 속이 울렁거리는 느낌이 들었다.

그때, 그레모리가 이신의 손을 잡았다.

그녀의 온기가 느껴진 순간, 거짓말처럼 울렁거림이 멎었다. 뿐만 아니라 음악도 더 이상 들리지 않았다.

"그의 음악은 사람의 마음을 현혹시킵니다. 이제부터 제 손을 놓지 마세요."

"예."

이신은 식은땀을 흘렸다.

역시 악마군주.

상냥한 태도의 그레모리만 봐서 몰랐는데, 역시나 악마들의 군주였다. 71위밖에 안 되는 암두시아스조차 압도적인 공포감을 풍기고 있었다.

불길한 유니콘 모습의 암두시아스는 눈동자가 없는 눈빛으로 이신을 응시했다.

눈동자가 없어 어딜 보는지 알 수 없었음에도, 이신은 자신을 보고 있음을 느꼈다.

―그쪽이 소문의 새 계약자로군?

"그렇다."

그레모리가 대신 대답했다. 이신은 묘한 공포감에 압도되어 대꾸를 할 수 없었다.

―도전을 하러 왔나?

"그것 말고는 널 찾아올 이유가 없지."

그레모리는 차가운 어조로 답했다.

암두시아스는 히죽거렸다.

─좋지. 언제쯤 도전해 올까 기다리고 있었거든. 위 서열에 도전하려면 마력이 더 필요했는데 잘됐어.

아무래도 그레모리는 악마군주들 사이에서 호구로 단단히 찍힌 모양이었다.

"암두시아스, 네 계약자는 어디에 있지?"

─곧 올 거야. 그 친구 방금 전까지 꽤나 바빴어.

그 말이 끝나기가 무섭게, 긴 계단으로 한 사내가 터덜터덜 내려왔다.

맨몸뚱이에 바지만 입고 내려온 건장한 백인 사내였다.

알몸으로 있다가 급히 바지만 입은 모습이 역력했다. 무엇 때문에 바빴을지 그의 이름을 생각하면 너무도 뻔했다.

'저자가 바로 자코모 카사노바로군.'

이신은 그 백인 사내를 신기하게 쳐다보았다.

자신의 이름을 하나의 대명사로 만든 과거의 유명인을 실물로 보게 된 것이다.

카사노바는 불량한 차림새에 어울리지 않게 정중히 고개를 숙여 인사했다.

"위대하신 악마군주 그레모리 님께 경의를!"

"오랜만이구나."

"예, 덕분에 아주 행복한 나날을 보내고 있었습니다."

그레모리는 눈살을 찌푸렸다.

"그 소원이 널 행복하게 했다니 잘됐구나."

카사노바는 능글맞게 웃었다.

그의 시선이 이신에게로 향했다.

"오, 그대가 그레모리 님의 새로운 계약자인가."

"그렇다."

"어휴, 말투 한번 오만당당하시군. 뭐, 이해하지. 계약자들이 다 그렇듯 한 끗발 날리는 거물이실 테니까. 그래, 그대는 어느 분야이지? 군주? 장군? 정치가?"

"대답할 이유는 없지."

이신은 짧게 대꾸했다.

프로게이머라고 대답할 수는 없는 노릇이었다.

카사노바는 턱을 손에 괴고 이신을 찬찬히 뜯어보았다.

"흐음, 말투가 너무 딱딱하신데. 아마도 군인이시겠어. 그것도 계약자로 선택받을 정도의 거물 군인."

"정답에 근접했군."

"하핫, 역시!"

카사노바는 자신이 알아맞혔다며 좋아했다. 얼마 전까지는 군인 신분이었으니 아예 틀린 건 아니었다.

"이거 무섭군. 명성 떨친 군인이 상대라니. 난 그저 자유를 사랑한 떠돌이였을 뿐인데 상대가 너무 안 되는 게 아닌가 모르겠군."

"쫓기던 범죄자였다고 듣긴 했다."

"하하, 확실히 억압이 정의인 세상에서 난 범죄자였지. 아무튼 자네는 범상치가 않아 보이는군. 차라리 예전처럼 이론만 빠삭

한 샌님이었으면 좋았을걸."

샌님은 마키아벨리를 일컫는 듯했다.

이신은 그레모리를 바라보았다.

"시간 낭비할 이유가 없습니다."

그레모리는 고개를 끄덕이고는 암두시아스에게 말했다.

"암두시아스, 나 72위의 악마군주 그레모리는 너에게 정식으로 도전하며, 도전 자격을 갖추었음을 밝힌다."

암두시아스는 천천히 다가와 카사노바의 왼편에 섰다.

─좋지. 마신께서 정하신 율법에 따르면 자격을 갖춘 이의 도전은 거절하지 못하니까.

"전장과 배팅할 마력량을 정해라."

─전장은 제2전장 블루레인. 마력은 2만. 하지만 서열전에 앞서 한 가지 제안이 있다.

"뭐지?"

─딱 한 번의 싸움으로 서열이 결정되는 것은 허망한 일이지. 그대의 새로운 계약자도 아직 경험이 부족해 어떤 실수를 할지 모르고.

"무슨 말이 하고 싶은 것이지?"

─세 번을 겨뤄서 그중 두 번을 먼저 이긴 쪽이 이번 서열전의 승리로 하지. 어떠냐?

"그건 마신께서 정하신 율법이 아니다."

─하지만 금지하신 일도 아니지. 따라서 넌 승낙할 수도, 거절할 수도 있다. 이쪽은 그저 제안을 한 것뿐이야.

"잠시 상의를 해야겠어."

─얼마든지. 시간은 많아.

암두시아스의 여유 있는 음성이 노래처럼 울려 퍼졌다.

"어떻게 생각하세요?"

그레모리는 이신에게 말했다.

"제 생각에는 이쪽에 불리한 조건으로 보여요. 저쪽은 카이저에 대해 모르지만 우리는 저쪽에 대해 여러 가지를 알고 있으니까요. 저들은 첫 싸움에서 당신에 대해 파악한 뒤에 그다음 싸움에서 승부를 보려 하는 거예요."

"3전 2선승제군요."

"그래요. 카사노바는 저래 봬도 한땐 암두시아스를 58위까지 끌어올린 적도 있을 정도로 많은 서열전을 경험했어요. 선보일 수 있는 전략이 다양하기 때문에 아직 경험이 부족한 당신이 불리해요."

"확실히……."

이신이 천천히 입을 열었다.

"다전제는 경험이 풍부한 쪽이 유리하지요."

이신은 웃었다. 그의 눈빛이 독사처럼 빛나고 있었다.

이신은 그레모리에게 귓속말로 속삭였고, 놀란 그레모리는 이윽고 고개를 끄덕였다.

그레모리가 암두시아스에게 말했다.

"이쪽도 조건이 있다."

─말해라.

"그 조건을 들어주는 대신 배팅할 마력량을 3만으로 하자."

—…진심인가?

암두시아스의 목소리에 여유가 사라졌다.

암두시아스의 총 마력량은 91,000.

그레모리는 85,000.

3만은 양측 모두에게 매우 큰 배팅이었다.

"싫다면 그냥 통상적인 방식으로 가도 좋아."

—잠시 이쪽도 상의를.

암두시아스는 카사노바와 나직이 대화를 나눴다.

잠시 후, 암두시아스가 말했다.

—하지. 대신 배팅은 2만 5천이다.

"약한 모습을 보이는군?"

그레모리가 살짝 도발했지만 암두시아스는 코웃음을 쳤다.

—최악의 경우도 생각해야지. 만에 하나 패해서 3만이나 잃으면, 내게 도전할 자격을 갖춘 상급 악마 나부랭이들이 너무 많아.

"어쨌든 좋다, 받아들이지."

—그럼 전장에서 보자.

암두시아스와 카사노바의 신형이 한순간 사라졌다.

그레모리는 이신에게 말했다.

"2만 5천이나 걸렸어요. 이기면 서열을 한 단계 더 건너뛰고 70위까지 오를 수 있어요."

"이길 수 있습니다."

"자신감은 보기 좋네요. 알겠어요, 믿을게요."

이윽고 두 사람도 차원의 문을 열고 텔레포트를 했다.

[악마군주 그레모리 님과 계약자 이신 님께서 제2전장 블루레인에 도착하셨습니다.]

먼저 온 암두시아스와 카사노바가 기다리고 있었다.

카사노바는 결전 직전임에도 넉살 좋게 다가와 손을 내밀어 악수를 청했다.

"잘해보지. 멋지게 겨뤄보자고."

"멋지든 더럽든 이기면 된다."

"허헛, 이것 참 재미없는 친구일세."

머쓱해진 카사노바가 손을 거두었다.

[악마군주 그레모리 님과 악마군주 암두시아스 님의 서열전입니다. 전쟁의 승패가 서열과 마력에 영향을 줍니다. 마력은 5만이 배팅됩니다.]

[마력 5만이 마력석이 되어 전장에 유포됩니다.]

[서열전은 총 3회의 싸움으로 진행됩니다. 2승을 먼저 거둔 쪽이 서열전에서 승리합니다.]

[종족을 선택해 주십시오.]

"휴먼."

"오크."

이신과 카사노바가 거의 동시에 말했다.

[서열전이 시작됩니다.]
[악마군주 그레모리 님의 계약자 이신 님과 악마군주 암두시
아스 님의 계약자 자코모 카사노바 님께서 참전합니다.]

제9장
압도

"일해."

"옛!"

노예 넷이 마력석을 채집하기 시작했다. 그렇게 서열전 첫 번째 대결이 시작되었다.

제2전장 블루레인.

시작 지점은 1시와 7시. 즉 상대의 본진 위치가 어디에 있는지는 정찰을 가지 않아도 알 수 있다.

다만 전장의 지리적 특성상 어떤 전략이 나올지 모르므로 정찰은 특히나 중요했다.

이신은 병영 건설을 완료한 8번째 노예로 정찰을 시작했다.

"3시와 9시 지역을 먼저 확인해."

"옛!"

명령받은 노예는 늘 그렇듯 정찰 운이 좋은 나이 든 사내였다.

3시와 9시 지역은 시작 지점은 아니지만 몰래 건물을 숨겨 짓기에 좋은 지형이었다.

정말로 정찰 운이 좋은 것일까.

나이 든 사내는 9시를 먼저 가서 무언가를 발견했다.

[적을 발견했습니다.]

[오크 노예 : 오크 종족의 노예입니다. 마력석 채집과 건설 등을 담당합니다.]

오크 노예가 9시 방면의 으슥한 구석에서 건물을 짓고 있었던 것이다.

[전사 양성소 : 오크 종족의 전사를 양성하는 건물입니다. 오크 전사를 소환할 수 있으며, 대장간과 마구간 건설 시 오크 창기병, 오크 궁기병도 소환합니다.]

상대 모르게 병력을 더 숨겨놓아서 전력을 오판하게 만들려는 속임수였다.

'오크 노예를 공격해라. 건물 짓던 걸 멈추고 반격하면 도망치고, 건물을 지을 때 다시 공격해.'

"옛!"

나이 든 사내는 오크 노예를 공격하기 시작했다.

퍼억! 퍽!

주먹질로 오크 노예를 흠씬 두들겨 팼다.

기본적으로 체력이 더 강한 오크 노예는 쉽게 쓰러지지 않았지만 계속 일방적으로 공격을 받자 상당히 힘들어하는 눈치였다.

결국 건물 짓던 걸 잠시 중단하고 반격하자, 나이 든 사내는 잽싸게 도망쳤다.

그리고 건물 지을 때 또 덤벼드는 등, 이신의 명령을 제대로 수행하는 나이 든 사내였다.

결국…….

와르르!

오크 노예는 짓던 건물을 취소해 버렸다. 전사 양성소는 와르르 무너져 버렸다.

짓던 건물을 중도에 취소하면 절반밖에 안 되는 마력만 회수되므로 초반에 큰 손해를 입은 셈이었다.

그 대신일까.

[적의 공격을 받았습니다.]

오크 노예가 나이 든 사내를 공격한 것. 같은 노예지만 오크 종족의 기본 체력은 인간에 비할 바가 아니었다.

"으윽!"

나이 든 사내는 오크 노예의 주먹에 맞아 비틀대고 있었다.

'바로 1시로 가라.'

"예!"

나이 든 사내는 오크 노예를 내버려 두고 1시 지역을 향해 달리기 시작했다.

"취익! 죽인다, 인간!"

오크 노예가 성이 나서 뒤쫓았지만,

쉬익— 콰악!

"취이익!"

오크 노예의 비명.

이신이 보낸 궁병이 쏜 화살에 다리를 맞은 것.

오크 노예는 비틀거리며 도망치려 했지만, 궁병은 계속 활을 쏴서 맞췄다. 결국 오크 노예는 풀썩 쓰러져 숨을 거두었다.

오크 노예의 시체는 가루가 되어 부스스 사라져 버렸다.

초반의 신경전은 완전히 이신의 페이스였다.

이신은 본진 바깥에 있는 마력석 채집장에 사령부 건설을 시작했다.

그리고 그 앞에 화살탑을 짓고 궁병 3명을 집어넣어 방어를 완료했다.

최소한의 방어를 해둔 뒤 확장 기지를 세워 마력 채집량을 늘릴 계획인 듯했다.

[적을 발견했습니다!]

'오는군.'

1시로 향하던 나이 든 사내가 도중에 오크 전사 2명과 맞닥뜨렸다.

"계약자님! 어떻게 할까요?"

나이 든 사내는 오크 전사 둘을 보고 긴박한 어조로 소리쳤다. 그래도 겁먹은 태도는 아니라서 마음에 들었다.

'3시 구석 지역으로 도망쳐라.'

"예!"

나이 든 사내는 즉시 내빼버렸다.

오크 전사 2명은 그런 나이 든 사내를 무시하고는 곧장 7시를 향해 달렸다. 목적지는 이신의 진영이 확실했다.

'손해를 만회하러 오는군.'

9시에 몰래 전사양성소를 짓다가 취소하고, 오크 노예까지 한 명 잃은 손해.

사소해 보여도 초반임을 감안하면 큰 피해였다. 초반의 100마력 차이가 나중에는 훨씬 큰 격차로 벌어지니 말이다.

하지만 이신의 진영에 당도한 오크 전사 2명은 화살탑을 보고는 순순히 돌아가 버렸다.

화살탑 안에는 아까 노예를 사살하고 돌아온 궁병까지 총 4명이 활을 겨누고 있었기 때문이다.

고작 오크 전사 2명으로는 포기하고 돌아가는 게 최선이었다.

이신은 미소를 지었다.

와르르르!

화살탑 옆에 건설 중이던 사령부가 무너져 버렸다.

이신이 취소했기 때문이었다.

*   *   *

'젠장, 시작이 안 좋은데. 초짜라 쉽게 쉽게 가려고 했더니.'

카사노바는 바짝 긴장했다.

초보자라서 간단하게 승리를 따내려고 욕심을 좀 부려봤는데, 생각보다 대응이 너무 노련했다.

의심 지역에 우선 정찰을 간 것이나, 건물 짓는 오크 노예를 계속 훼방 놓은 점이나, 타이밍 좋게 보낸 궁병으로 오크 노예를 사살한 것이나.

심지어 그 손해를 만회하기 위해 오크 전사 2명을 보내봤더니 이미 화살탑까지 지어서 방어를 완료해 놓고, 마력석 채집장에 사령부를 하나 더 건설하고 있었다.

'그래도 이만하니 다행이군.'

카사노바는 전사양성소를 본진에 하나, 9시 지역에 또 하나를 건설하고 있었다.

그중 하나를 짓다가 도중에 포기한 것은 심각한 피해였다.

150마력짜리 전사양성소를 짓다가 취소해서 75마력밖에 못 돌려받은 것도 피해고, 그만큼 시간을 낭비했다는 게 훨씬 큰 피해였다.

하지만 다행히 녀석은 아직 초짜였다.

'공격적인 녀석이라면 유리함을 이용해 곧장 끝내려 했겠지. 병력 대신 사령부를 더 건설해 싸움을 길게 바라봐 주니 나로서는 고마울 따름이군.'

모처럼 상대가 회생할 시간을 주었다.

카사노바는 서둘러서 장기전을 대비했다.

본진에서 가장 가까운 마력석 채집장에 오크 군생지를 건설하고 오크 노예를 쭉쭉 소환해 마력석 채집에 투입했다.

전사양성소를 늘리고 대장간과 마구간을 지어가며 보다 비싸고 강력한 고급 전투병을 뽑을 준비에 들어갔다.

그런데 바로 그때였다.

'응?'

멀리 서쪽 하늘에서 무언가가 날아오는 게 보였다.

[적이 나타났습니다!]

카사노바는 순간 자신의 눈을 의심했다.

서쪽의 언덕을 넘어서 유유히 날아오는 물체는 바로 열기구.

하늘을 날며 최대 8명까지 실어 나르는 휴먼 종족의 탈것이었다.

'저게 어떻게 벌써 나와?!'

빠르게 날아온 열기구가 하강하고, 거기서 마법사 1명이 내렸다.

[마법사 : 마법을 익힌 인간. 강력한 마법으로 적을 죽이거나 현혹할 수 있습니다. 마탑에서 소환되며, 소환에 100마력과 200 광물이 필요합니다.]

'저게 어떻게 벌써 나와!'

마법사는 즉시 마법을 펼쳤다.

"파이어 스톰!"

화르르르륵!

"취이익!"

"취익!"

본진의 마력석 채집장에서 일하던 오크 노예들이 불길에 휩싸여 몰살당했다.

카사노바는 그것을 멍하니 쳐다보았다.

이신의 전략은 간단했다.

오크 전사 2명이 공격을 왔을 때, 일부러 확장 기지를 건설하는 모습을 보여주었다.

그리고 오크 전사가 돌아가자 즉각 사령부 건설을 취소하고, 최대한 빨리 열기구와 마법사를 소환했다.

한마디로, 사령부를 짓고 노예를 더 소환할 마력을 테크 트리(Tech tree)를 올리는 데 투자한 것이다.

안심하고 장기전을 대비하고 있던 카사노바로서는 뒤통수를 맞은 셈이었다.

'마법사는 다시 열기구에 탑승. 이번에는 본진 바깥의 마력석 채집장을 습격한다.'

열기구에는 마법사가 3명 탑승하고 있었다.

한 명당 파이어 스톰을 한 방씩만 쓸 수 있고, 또 쓰려면 마나가 회복되기를 기다려야 한다.

즉, 아직 2방을 더 쓸 수 있었다. 이걸로 치명타를 안겨줄 생각이었다.

열기구가 카사노바의 본진 바깥쪽 마력석 채집장으로 이동했다.

몇 안 되는 오크 전사와 오크 창기병이 열기구를 쫓아다녔지만, 공중 공격이 가능한 전투병이 없었다.

마력석 채집장의 오크 노예들이 우르르 도망가는 게 보였다.

'지금! 오크 노예들이 도망치는 동선을 따라!'

마법사 2명이 열기구에서 내렸다.

내리자마자 오크 전사들과 오크 창기병이 필사적으로 덤볐지만, 마법사들은 재빨리 파이어 스톰을 썼다.

"파이어 스톰!"

"파이어 스톰!"

화르르르르!

화르르륵—!

"췌이이익!"

"췌익!"

구슬프게 울부짖으며 불타 죽는 오크 노예들!

카사노바는 오크 노예가 거의 남아 있지 않게 되었다.

마력석을 채집할 수단을 잃어버린 것이었다.

게다가 마법사들은 오크 전사들과 오크 창기병들에게 당하기 전에 잽싸게 다시 열기구에 올라타 목숨을 부지했다.

열기구는 보란 듯이 유유히 떠나 버렸다.

*   *   *

'졌다!'

카사노바는 패배를 직감했다.

오크 노예들이 모두 죽고 3명밖에 안 남았다.

오크 노예를 다시 소환해서 마력석 채집장에 붙여야 마력을 계속 모을 수 있는데, 그동안 상대가 가만히 기다려 주겠는가?

그러고 있을 때 상대는 병력을 소환해 어마어마한 총공세를 펼칠 터였다.

하지만 밑져야 본전.

"전부 공격! 공격해라!"

카사노바의 고함에 오크 전사들과 오크 창기병들이 일제히 진군을 시작했다.

확장 기지를 가져가느라 병력이 얼마 되지 않았지만, 어차피 이번이 아니면 이길 기회가 없었다.

그렇게 모든 병력을 공격 보내고 난 직후였다.

[적이 나타났습니다!]

"뭐?!"

동쪽에서 열기구가 또 나타났다.

이번에는 열기구에서 궁병 8명이 내렸다.

"쏴!"

"죽여 버려!"

궁병 8명은 남은 오크 노예 3명마저 남김없이 사살해 버렸다.

그뿐만이 아니었다.

열기구가 동쪽 언덕을 넘나들며 궁병과 창병을 8명씩 태워왔다. 열기구가 계속 드나들자 본진을 휘젓는 병력은 8명씩 늘어났다. 뿐만 아니라,

파아앗!

궁병이 모두 석궁병으로, 창병이 장창병으로 업그레이드되었다. 대장간의 무기 업그레이드가 완료된 것이었다. 완벽한 타이밍!

카사노바는 믿을 수가 없어서 그 광경을 바라보았다.

'내 본진 언덕 바로 옆에……'

마법사를 열기구에 태워 테러를 가했을 때, 이미 전 병력을 바로 인근에 대기시켜 놓았던 것.

"하하하……"

카사노바는 어처구니가 없는 나머지 힘없이 웃고 말았다.

완전히 손바닥 위였다.

몇 수 앞을 읽은 정밀한 전략에 휘말린 완패였다.

카사노바는 어깨를 으쓱했다.

"이번 판은 졌다!"

[악마군주 암두시아스 님의 계약자 자코모 카사노바 님께서 패배를 선언하셨습니다. 악마군주 그레모리 님의 승리입니다.]

[앞으로 한 차례 더 승리하실 경우 악마군주 그레모리 님께서 서열전에서 승리하시게 됩니다.]

첫 번째 판은 이신의 압도적인 승리였다.

*　　　　　*　　　　　*

대기 장소로 텔레포트 되자 암두시아스가 동요한 표정으로 이신을 바라보고 있었다.

─정말 서열전을 단 한 번밖에 치르지 못한 것이 맞나?

정신을 울렁거리게 만드는 특유의 선율 같은 음성.

그레모리가 이신의 손을 잡아 그 목소리로부터 보호해 주었다. 그녀가 대신 대꾸했다.

"내가 이번에는 뛰어난 계약자를 만났지."

오랫동안 무시를 당해왔던 그레모리는 득의양양한 표정이었다.

─끄응, 어쩐지 큰 배팅을 요구하더라니.

암두시아스는 크게 당황한 듯한 모습이었다.

카사노바도 믿을 수 없다는 듯이 이신을 응시하고 있었다.

"어떻게 계약한 지 한 달도 안 된 계약자가 그런 실력을……?"

"다음 싸움은 30분 뒤에 시작하자. 내 계약자는 잠시 쉬어야겠어."

─그렇게 하지. 내 계약자도 정신을 좀 추슬러야겠군.

그렇게 합의를 하고서 휴식이 주어졌다.

"정말 잘했어요."

치유의 힘으로 이신의 피로를 말끔하게 풀어준 그녀가 칭찬했다.

"감사합니다."

"다 봤어요. 마치 상대가 뭘 하는지 전부 보면서 지휘하는 듯했어요."

"제 눈엔 다 보입니다."

카사노바는 나름대로 센스가 있는 자였다.

다만 상대가 좋지 않았다.

프로게이머로서 엄청난 전적을 가진 이신. 카사노바가 구상한 아이디어는 그가 수없이 경험해 본 것에 불과했다.

"다음 싸움에서도 꼭 이겨주세요."

"문제없습니다."

"드디어 제게도 이런 날이 오네요."

활짝 웃는 그레모리. 이신은 잔뜩 들뜬 그녀가 귀엽게 느껴졌다.

30분이 지나고 두 번째 싸움이 시작되었다.

"휴먼."

"마물."

이신과 카사노바는 종족을 골랐다.

[서열전이 시작됩니다.]

그렇게 두 번째 싸움이 시작되었다.

'이번엔 져서는 안 돼!'

카사노바는 마음이 급해졌다. 암두시아스의 경고가 있었기 때문이었다.

―이번에도 져서 내가 최하위로 추락하게 된다면 너 또한 무사하지 못할 것이다.

'그, 그게 무슨 뜻이십니까?'

—무슨 뜻인지 그때가 되면 알겠지. 하지만 모르는 게 나을 것이다.

두려움에 질린 카사노바는 자신이 아는 가장 최선의 전략을 쓰기로 했다.

헬하운드의 제단을 건설하고 헬하운드 2마리를 소환했다.

"1시 지역을 정찰해라."

헬하운드는 으르렁거리며 1시 지역으로 떠났다.

이어서 그는 본진 바깥 마력석 채집장에 마법진을 건설하고, 본진에도 하나 더 건설했다. 마법진이 많아야 병력을 더 많이 소환할 수 있기 때문이다.

그러면서도 정찰 보낸 헬하운드로 이신의 동향을 살폈다.

출입구를 건물로 꽁꽁 틀어막고 있어 안으로 들어갈 수가 없었다. 하지만 사령부를 따로 건설하지 않았다는 것은 알 수 있었다.

'본진의 마력만 가지고 최대한 빨리 병력을 뽑겠다는 거냐.'

아까와 같은 패턴에 당하지는 않을 것이다.

이번에는 '화염진'을 진영 곳곳에 건설했다. 적이 어느 루트로 들어오든 수많은 화염진이 불덩어리를 발사할 터였다.

마계의 정원이 완성되자 세 개의 마법진에서 일제히 독포자꽃을 소환하기 시작했다.

독포자꽃은 독포자를 사방에 퍼뜨려 공격하는 마물.

게다가 그중 4마리를 엔트로 진화를 시작시켰다.

엔트는 커다란 나무 괴물.

휴먼의 석궁병, 장창병의 무기 따윈 엔트의 껍질만 겨우 벗길 뿐이었다.

그런데, 뭔가 이상했다.

'왜 공격을 안 오지?'

본진 안의 마력석만 가지고서 모을 수 있는 주력 병력이라고 해봐야 궁병, 창병, 방패병 정도였다.

물론 무기를 업그레이드하면 보다 강력해진다.

하지만 카사노바가 준비한 엔트가 상대라면 이야기가 달라진다.

거대한 나무 괴물인 엔트는 도검류가 거의 먹혀들지 않는다.

또한 사방으로 뻗어 나가는 나뭇가지는 방어력이 약한 병사들을 순식간에 몰살시킨다.

엔트 4마리가 좁은 길목을 지켜서면, 궁병과 창병 등 일반 병사는 몇 명이 오든 아이스크림처럼 녹아버린다.

카사노바는 목숨이 걸린 이번 싸움에서 상대의 동향을 파악해 가며 약점을 찌르는, 나름대로 심혈을 기울인 전략을 펼쳤다.

하지만 이상했다.

'지금쯤 벌써 몇 차례는 공격해 왔어야 했는데.'

마력석 채집장을 더 확보하지 않고 병력에 집중했으면 그만큼 빠른 타이밍의 승부를 노렸다는 뜻.

엔트가 준비되기 전에 공격이 들어올 것을 대비해서 화염진을 잔뜩 건설해 뒀는데 말이다.

'이상하다. 놈은 본진 밖으로 나오지 않았는데?'

헬하운드 2마리가 여전히 상대의 본진 출구 앞을 지키고 있었다.

아직 상대는 본진에서 한 발짝도 밖으로 나오지 않았다.

이대로 시간이 흐를수록 마력을 많이 채집하는 쪽이 유리해지는 건 당연했다.

마력을 많이 채집하는 쪽이 말이다.

'설마?!'

불길한 예감이 든 카사노바는 마력을 채집하던 클로 2마리로 정찰을 보냈다.

아니나 다를까.

[적을 발견했습니다.]

[적을 발견했습니다.]

6시와 3시 지역에서 상대의 마력석 채집장을 발견했다.

이신은 본진에 틀어박힌 척하면서 몰래 마력석 채집장을 두 군데나 더 늘려 버린 것이다.

'이런 제기랄!'

도리어 카사노바보다 더 많은 마력을 먹고 있었다. 이제 보니 시간은 그의 편이 아니었다.

카사노바는 조급해졌다.

"진군해라!"

20여 마리나 되는 독포자꽃과 엔트 4마리가 이동했다.

하지만 전장의 중앙 지역을 지날 때였다.

슈웅― 퍼어엉!

"끄엑!"

"끄에엑!"

멀리서 날아온 커다란 바위에 독포자꽃 2마리가 일격에 사망했다.

'투석기?! 제기랄!'

중앙 지역의 언덕 너머에서 상대의 투석기가 바위를 날려대고 있었다.

투석기들 여러 대가 일제히 바위를 날리면 내구력이 약한 독포자꽃은 몰살당할 수밖에 없었다.

카사노바는 일단 진군을 포기하고 병력을 뒤로 물렸다.

'이대로 끝나지 않는다.'

마법진 세 개에서 헬하운드 18마리를 소환했다.

체력이 약하지만 빠르고 싸고 대량 소환이 가능한 헬하운드로 방어선을 돌파할 계획이었다.

하지만 그때였다.

"진격하라!"

"계약자님의 명령을 받들어라!"

"계약자님의 승리를 위하여!"

이신의 방어선에서 출진한 한 무리의 병력들.

[기사 : 뛰어난 무예를 지닌 기사입니다. 우수한 무기와 방어구로 무장하고 있고 말을 타고 달립니다. '돌격' 시 통상 공격의 3배 위력을 냅니다.]

기사 10기가 횡대로 서서 일제히 돌격을 개시했다.

"돌격!"

"돌격!"

"다 짓밟아주마!"

기사들의 돌격은 무서웠다.

후방에서 투석기가 바위를 날려 독포자꽃들의 진형을 무너뜨렸고, 그 틈을 놓치지 않고 기사들이 돌격!

'안 돼! 돌격을 피해!'

카사노바는 다급히 명령을 내렸다. 온통 쇳덩이로 무장한 기사들의 육중한 돌격에 당하면 독포자꽃들을 속절없이 짓밟힌다!

독포자꽃들이 기사들의 돌격을 피해 정신없이 물러났다.

하지만 기사들의 돌격 방향은 엔트들이었다.

콰지직!

와지끈!

기사들이 들고 있는 육중한 랜스는 엔트들의 단단한 거체를 능히 박살 냈다. 하물며 엔트들은 이동 속도도 느린 탓에 돌격을 피할 수도 없었다.

상성의 차이! 엔트의 천적은 바로 기사였던 것이다.

카사노바는 삽시간에 엔트 4마리를 잃고 말았다.

'이렇게 당하기만 하고 물러설 수는 없어!'

마력 채집량에서도 밀린다.

싸움에서도 손실만 입고 물러서면 상황은 더 불리해진다.

기사들의 돌격이 끝나자 물러나 있던 독포자꽃들이 일제히 달려들어 독포자를 뿌렸다.

촤착—! 촤촤착—!

먼지구름처럼 사방에 날리는 독포자들!

하지만 얄밉게도 기사들은 엔트 4마리만 처치한 뒤에 잽싸게 말머리를 돌렸다.

독포자꽃들이 쫓아오자 후방에서 투석기가 바위를 날려 응전했다.

쿠웅!

"끼엑!"

"키익!"

카사노바는 독포자꽃 2마리를 잃고 병력을 물려야 했다.

'이게 어떻게 막 계약자가 된 애송이라는 거야!'

상성에 대한 이해도가 완벽했다.

기사는 엔트에 강하다. 돌격 시, 독포자꽃에도 강하다.

하지만 돌격을 하고 난 기사들은 독포자꽃들에게 둘러싸여 독포자 집중 공세에 당해 전멸할 우려가 있다.

바로 그 독포자꽃들을 대량 살상할 수 있는 것이 바로 투석기! 그 상성의 조합을 지리적인 특성을 이용해 완벽하게 구현하고 있었다.

'하지만 헬하운드들을 투입하면 달라진다.'

카사노바는 헬하운드와 독포자꽃이 조합된 병력으로 저 방어선을 뚫어낼 심산이었다.

헬하운드 18마리가 소환되자 즉각 전투가 벌어지고 있는 중앙 지역으로 보냈다. 헬하운드들이 도착할 때까지 독포자꽃들은 투석기의 사정거리 밖에서 대기하게 했다.

그런데 그때였다.

슈웅— 퍼어엉!

서쪽에서 날아온 커다란 바위가 독포자꽃들이 모여 있는 한복판에 떨어졌다.

"끄엑!"

"키이익!"

"키엑!"

독포자꽃 4마리가 일격에 죽었다.

'뭣?!'

전혀 예상 못 했던 곳에서 투석기의 공격을 받은 것.

아슬아슬하게 사정거리에 닿을 수 있는 곳에 투석기를 설치한 모양이었다.

카사노바는 식은땀을 흘리며 독포자꽃들을 뒤로 더 물렸다.

그런데 잠시 후에 또다시 투석기의 공격을 받게 되었고, 그때마다 계속 병력을 뒤로 물려야 했다.

정신을 차려보니 어느새 그는 전장의 구석까지 내몰린 상태가 되었다.

투석기의 사정거리로 전장을 밀물이 차오르듯이 서서히 장악해 버린 상대의 수완에 꼼짝없이 당한 것이었다.

'기가 막힌다.'

절묘하게 투석기의 사거리가 닿는 포인트를 찾아내어 전장을 장악해 나가는 솜씨.

제2전장 블루레인을, 이곳에서 오랫동안 싸웠던 카사노바보다도 더 잘 파악하고 있었다.

전투에서 크게 패한 것도 아니었다.

그런데도 정신을 차려보니 어느새 전황이 크게 불리해져 있었다.

'이 압박을 뚫어야 한다!'

카사노바는 악에 받쳤다.

이번에도 패하면 암두시아스는 최하위 서열로 추락한다.

그땐 자신을 더 이상 계약자로 놔두지 않을 터였다. 계약자로서 누린 온갖 향락이 넘치는 이 삶도 끝장이었다.

'그 정도로 끝나면 차라리 다행이게! 그 작자는 날 지옥에 던져 버릴지도 몰라!'

카사노바는 필사적이었다.

있는 대로 마력을 쥐어짜 병력을 구성했다.

헬하운드와 독포자꽃 다수, 엔트 12마리. 많은 병력을 단시간에 모을 수 있는 마물 종족의 장점을 발휘한 것이다.

'힘으로 뚫어버린다!'

카사노바는 공격을 개시했다.

제10장
지옥의 죄수들

　'안됐군.'

　이신은 사실 카사노바의 비범한 센스에 나름대로 감탄을 했다.

　실시간 전략 시뮬레이션을 이신처럼 많이 해보지 못했다는 점을 감안해 보면 카사노바는 나름대로 센스 넘치는 창의성을 발휘하고 있었다.

　다른 곳에 건물을 지어서 병력 규모를 속이려 했던 작전도, 마물 종족의 특성을 최대한 활용해 병력을 쥐어짜내는 판단도, 프로게이머가 아니라는 점을 감안하면 제법이었다.

　다만 문제가 있다면 이신이 그 같은 작전을 수없이 많이 겪어 봤다는 점.

카사노바가 무슨 잔재주를 보이든 이신이 경험해 보지 못했던 것은 없었다.

그러니 이신은 일방적으로 상대를 몰아세울 수 있는 것이었다.

이신이 이번 두 번째 대결에서 선보인 전략은 '몰래 확장'이었다.

초반에 노예를 보내 정찰을 하고는, 그 노예를 다른 지역에 빼돌려놓아서 확장 기지를 몰래 건설하도록 했다.

카사노바는 헬하운드 2마리를 이신의 본진 출입구 앞에 세워놓고 감시했지만, 그때 이미 다른 지역에 이신의 마력석 채집장이 더 활성화된 상황이었다.

'그나저나 정말 정찰 운이 좋군.'

이신은 정찰을 보내기만 하면 성과를 내는 노예, 나이 든 사내를 떠올렸다.

문득 엉뚱한 생각이 들었다.

'악마군주의 계약자들이 대부분 내가 알고 있는 사람들이라면 혹시 여기 소환된 자들도 내가 알고 있는 옛날 사람들일 수 있지 않을까?'

어쩌면 정찰 운이 억세게 좋은 그 나이 든 사내도 이신이 알 만한 유명 인물일 가능성이 있었다.

'이리로 와 봐라.'

이신은 이번 싸움에서 큰 공을 세운 나이 든 사내 노예를 불렀다.

이윽고 나이 든 사내가 헐레벌떡 달려왔다.

"부르셨습니까, 계약자님!"

"이번에도 큰 공을 세웠군."

"예, 계약자님께서 기회를 주신 덕분입니다. 다음에도 기회를 주신다면 반드시 오늘처럼 성과를 내겠습니다!"

이신은 고개를 끄덕였다.

"좋다. 앞으로도 널 중용하지. 그런데 넌 이름이 뭐지?"

"미천한 제 이름을 물어봐주셔서 영광입니다! 전 크리스토포로 콜롬보라고 합니다!"

"유럽인이군."

"예, 이탈리아 제노바 출생입니다."

"이곳에 소환된 이들은 다 너처럼 지구인인가?"

"아뇨, 다른 세상 출신들도 수두룩합니다. 오크나 엘프, 드워프 등도 지구에는 없는 존재들이잖습니까."

"그렇군."

나이 든 사내는 헤헤 웃으며 덧붙여 설명했다.

"참고로 말씀드리면 저는 꽤 유명한 탐험가였던지라 계약자님께서도 들어보셨을 겁니다."

"유명인이라고?"

"예, 물론 계약자님의 시대까지 제 이름이 알려졌을지는 모르겠지만, 이래 봬도 인도로 향하는 신항로를 개척한 장본인입니다."

나이 든 사내는 가슴을 탕탕 치며 자신의 존재감을 피력했다.

그 말에 이신은 깜짝 놀라 두 눈을 크게 떴다.

"콜럼버스?"

"예? 아, 예. 영어로는 크리스토퍼 콜럼버스라 부릅죠. 역시 아시는군요?"

"그 콜럼버스라고?"

세계사 교과서에도 나오는 유명 인물을 이신이 모를 리 없었다. 콜럼버스의 달걀이라는 에피소드로도 널리 알려져 있지 않은가.

"그런데 왜 지옥에 있지?"

"헤헤, 그게……."

콜럼버스는 머리를 긁적이며 말을 이었다.

"제가 거기 사는 원주민들을 좀 학살하고 노예로 팔고 착취를 했습니다. 그 죄가 이렇게 무거울 줄을 그땐 꿈에도 몰랐습죠. 애당초 거기 원주민들이 저와 똑같은 사람이라는 개념 자체가 그땐 없었기 때문에……."

'확실히 지옥에 떨어질 만한 작자로군.'

동정할 여지는 조금도 없었다.

저런 작자가 위인전기에까지 남아 존경받는다는 게 이상할 정도.

하지만 어쨌거나 탐험가 출신답게 정찰에 있어서 큰 능력을 발휘하니 앞으로도 중용을 할 생각이었다.

'콜럼버스처럼 살아생전에 이름을 떨친 인물이 있는지 살펴봐야겠다.'

특별한 재주로 이름을 떨친 유명인사라면 이곳에 소환되어서도 남다른 능력을 발휘할 수 있을 것이다.

유명한 탐험가였던 콜럼버스가 남달리 정찰에 능하듯이 말이다.

이신은 병영을 2개 더 건설하고서 궁병을 소환하기 시작했다. 동시에 대장간에서 무기 업그레이드를 실행했다.

카사노바가 물량 공세로 나오니 기사들과 투석기만으로는 방어선을 완벽하게 지탱하려면 이쪽도 병력을 보강시킬 필요가 있었다.

이신은 병영에서 소환된 궁병에게 이리 오라고 손짓했다.

"부르셨습니까, 계약자님!"

궁병, 장년 사내는 쾌활하게 인사했다. 그는 이신이 그레모리와 첫 모의전을 했을 때 가장 처음 소환했던 바로 그 궁병이었다.

다른 궁병들보다 활솜씨가 뛰어나고 배짱도 좋기에 기억하고 있었다.

"넌 이름이 뭐지?"

"저는 로빈 후드라고 합니다."

"뭣?!"

깜짝 놀란 이신.

장년 사내는 휘휘 손사래를 치며 부연 설명을 했다.

"아니, 아니, 계약자님이 생각하시는 그 오리지널이 아닙니다."

"그럼?"

"원래 서우드 숲에 자리 잡고 악명 좀 날린 도적놈들은 너도나도 로빈 후드라고 자칭했지요. 아하하!"

"그러니까 로빈 후드는 아니고 그저 그런 도적이었다는 거군?"

"에이, 그래도 제가 꽤나 악명 떨친 도적단의 수장이었습니다. 그 탓에 지옥에서 뒹굴고 있습니다만, 하하하!"

'그렇게 지옥에서 굴러놓고도 아직 반성의 기색이 없군.'

이신은 혀를 찼다.

어쨌든 자칭 로빈 후드라는 이자도 궁병으로서는 쓸 만한 인물임이 틀림없었다.

어차피 여기에 소환되는 자들은 모두 지옥에 떨어진 자들. 도덕적으로 호감 가는 작자는 찾으래야 찾을 수가 없었다.

그러니 철저하게 실용적인 시각으로 기용하는 것이 최선이었다.

그때였다.

[적의 공격을 받았습니다!]

카사노바의 반격이 시작되었다.

헬하운드들이 앞장서서 투석기의 방어선을 돌파하기 시작했다.

헬하운드들은 값싸고 빠르므로 투석기들의 공세를 몸으로 받을 희생카드로 제격이었다.

바위가 날아와 헬하운드를 두세 마리씩 죽였지만, 득시글거리는 헬하운드들은 멈추지 않고 줄지어 달렸다.

이어서 뒤따라온 독포자꽃들이 길목을 막아선 기사들을 향해 일제히 독포자 발사!

"물러서라!"

이신의 지시를 받은 기사들은 뒤로 물러섰다. 광범위한 원거리 공격범위를 지닌 독포자꽃과 많고 빠른 헬하운드의 조합은 기사들에게 쥐약이었다.

'계속 물러서라. 궁병들과 합류할 때까지 싸우지 마라.'

병영에서 계속 소환된 궁병들이 전선으로 향하고 있었다.

곧 있으면 무기 업그레이드가 완료되어 석궁병이 된다.

석궁병+기사+투석기!

카사노바의 헬하운드+독포자꽃+엔트와도 싸워 이길 만한 조합이 갖춰지면 비로소 싸울 참이었다.

'이번만 막으면 끝이군.'

카사노바에게 남은 마력이 많지 않음을 이신은 꿰뚫어 보고 있었다.

"자, 나를 따라라 새끼들아!"

로빈 후드가 앞장서며 궁병들에게 소리쳤다.

다른 궁병들은 그게 아니꼬워서 한마디씩 구시렁거렸다.

"저 새끼 왜 저렇게 나대?"

"눈꼴시군."

"계약자님께 우릴 지휘하란 명령을 받았나 봐."

"젠장, 부럽다."

"나도 빨리 활약해서 계약자님의 눈에 들어야겠어."

20명의 궁병은 로빈 후드의 뒤를 따라 제2전장 블루레인의중앙 지역으로 향했다.

"지원이 왔다!"

"이제 싸울 수 있는 건가?"

마물들의 공세에 밀려 후퇴하던 기사들이 환호했다.

하지만 그때 이신의 명령이 모두에게 떨어졌다.

'계속 후퇴.'

기사들은 얼굴이 팍 일그러진 채 다시 부리나케 달아나기 시작했다.

"등신들. 우리가 들고 있는 조잡한 활 안 보이냐? 무기 업그레이드가 안 끝났잖아."

궁병들과 함께 후퇴하면서 로빈 후드가 중얼거렸다.

계속 후퇴를 거듭하면서, 해일처럼 밀려드는 마물 떼는 전진배치된 투석기도 하나둘 파괴시켰다.

투석기는 공병이 직접 분해·조립을 해야 하는 것이라 이동이매우 어렵다는 단점이 있었다.

때문에 물량과 스피드에서 앞서는 마물을 상대로는 장단점이매우 뚜렷하게 드러난다.

턱밑까지 전진 배치돼 숨통을 옥죄던 투석기를 걷어내자, 마물들은 기세가 올랐다.

카사노바는 계속 추가적으로 소환된 마물을 보내며 공격에열을 올렸다.

하지만 마물들의 역공도 중앙 지역까지였다.

거기까지 후퇴했을 때, 궁병들의 활이 석궁으로 바뀐 것이다!

길이 좁아지는 협곡. 사방의 언덕에 투석기가 포진된 지역. 휴먼이 마물의 물량 공세를 방어하기에 매우 유리한 지형이었다.

"오오! 대단하잖아!"

로빈 후드는 자기도 모르게 감탄했다.

중앙 지역까지 후퇴했을 때, 무기 업그레이드가 완료되도록 계약자가 타이밍을 정확하게 계산했다는 것을 깨달은 것이다.

싸움이 치열해졌다.

콰앙! 쾅!

투석기가 쏜 바위가 마물들을 공격했다.

마물은 값싸고 빠른 헬하운드가 앞장서서 돌파를 시도했다.

날아드는 바위가 떨어지는 순간, 헬하운드들은 사방으로 흩어져 피하는 날렵함을 보였다.

투석기의 천적은 헬하운드.

헬하운드는 값싸서 얼마든지 소환할 수 있고, 매우 빨라서 움직이기 어려운 투석기를 상대할 때 매우 강했다.

하지만 그것은 투석기를 받쳐주는 병력이 없을 때의 이야기였다.

"이때다!"

"가자!"

이신의 명령을 받은 기사들이 말을 타고 달려 나가 헬하운드들을 정리했다.

투석기의 공격을 피하느라 대열이 흐트러진 헬하운드들은 기사들의 공격을 감당하지 못했다.

기사들은 많은 마력과 광물을 들여 소환된 이들답게 강력함을 보이며 헬하운드들을 처치해 나갔다.

기사들의 대열 틈사이로 빠져나간 헬하운드들도 석궁병들의 사격에 남김없이 정리됐다.

헬하운드들이 앞에서 희생되는 동안, 독포자꽃이 밀려와 독포자를 일제히 뿌렸다.

사방에 퍼뜨려진 독포자가 안개처럼 일대를 가득 매웠다.

넓은 평지에서 벌어진 싸움이었다면 독포자 안개에 휩싸여 전멸을 면치 못했으리라.

하지만 지형적으로도 휴먼의 압도적인 우위.

콰아앙! 쿠웅!

"끼엑!"

"끼에엑!"

독포자꽃들이 힘을 발휘하려는 순간, 투석기가 바위를 쏴서 응전한 것.

전면에서 싸우던 기사들 역시 독포자 안개를 피해 물러났다.

각 병과의 장단점을 서로 잘 보완해 주는 더없이 조화로운 전투였다.

그리고……

*   *   *

'슬슬 끝낼 때가 됐군.'

이신은 이제 여유만만이었다.

얼핏 보면 카사노바가 맹렬하게 반격하는 추세.

하지만 이신의 입장에서는 카사노바가 안쓰러울 지경이었다.

고갈되어 가는 마력을 쥐어짜서 마련한 병력을 꼬라박고 있는 것이니 말이다.

'애당초 이 전장에서 마물을 택하다니, 어리석은 판단이었다.'

제2전장 블루레인은 지형이 복잡해서 길목도 이리저리 굽이치듯이 꼬여 있었다.

건물이나 병력을 숨겨놓는 깜짝 전략을 쓰기 좋으나, 보다 큰 관점에서 보면 휴먼이 방어선을 구축하기 딱 좋은 지형이었다.

'생각이 알량하군. 이게 한계야.'

이신은 처음부터 카사노바의 성향을 꿰뚫어 보고 있었다.

깊이가 없는 알량함.

마물은 오히려 확 트인 평지에서 엄청난 병력으로 휴먼을 압도해야 한다.

하지만 카사노바는 그런 정면승부를 택하지 않았다. 그 때문에 작은 것을 얻으려다 본질적인 것을 잃어버렸다.

이대로 계속 무난하게 시간만 끌어도 승리는 확실했다.

하지만 이신은 보다 적극적으로 상대의 숨통을 끊어놓기로 했다.

[마탑에서 마법사가 소환되었습니다.]

[마탑에서 마법사가 소환되었습니다.]

[마탑에서 마법사가 소환되었습니다.]

마법사 셋이 소환되었다.

이신은 턱짓했다.

"가라."

"예!"

3인의 마법사가 전장으로 향하였다.

현재 중앙 지역은 격전이 치러지고 있었다.

마물들은 투석기와 석궁병들이 차례로 기사의 뒤를 받쳐 주는 탄탄한 방어라인을 돌파하지 못했다.

반면, 휴먼 또한 지키기만 할 뿐 역공을 시도하지는 못했다.

투석기를 움직이기 힘든 게 첫 번째 이유였다. 공병이 다시 분해하고 옮기고 또 조립하고, 너무 번거로웠다.

두 번째 이유는 바로 다량의 엔트들.

엔트는 튼튼한데다가 나뭇가지를 뻗어서 다수의 적을 한꺼번에 공격하는 강력한 마물이었다.

엔트들도 투석기의 사정거리 안으로 접근하지 못했지만, 기사와 석궁병들도 함부로 엔트들에게 접근할 수가 없었다.

때문에 독포자꽃과 헬하운드도 공격을 했다가 엔트들이 있는 곳까지 물러서기를 반복했다.

카사노바도 엔트가 답이라고 생각했는지 독포자꽃을 닥치는 대로 엔트로 진화시키는 중이었다.

엔트들로 방어라인을 형성해 시간을 벌고, 그 틈에 마력석 채집장을 건설해 장기전을 도모할 생각인 듯했다.

하지만 마법사들의 등장은 엎치락뒤치락하며 교착된 판세를 뒤흔들어 놓았다.

"파이어 스톰!"

"파이어 스톰!"

화르르륵!

"끼에에엑……!"

"끄히에에에엑!"

이신은 마지막까지 카사노바의 희망에 비수를 꽂았다.

튼튼한 엔트들의 천적은 바로 화염을 일으키는 마법사들이었던 것이다.

잇따른 파이어 스톰으로 엔트들의 라인이 무너져 버렸다.

'가라.'

이신의 마지막 명령이었다.

기사들이 '돌격'을 펼쳤다. 로빈 후드가 이끄는 석궁병들이 그 뒤를 쫓았다.

마법사들은 계속해서 에너지가 찰 때마다 파이어 스톰을 쓰며 길을 열어주고 있었다.

노도처럼 카사노바의 1시 본진을 향해 밀고 올라가는 휴먼의 병력!

이제 승패는 누가 봐도 명백했다.

그럼에도 이신은 계속 꾸준히 병력을 소환해 충원시키며 철저하게 싸움에 임했다. 마지막까지 방심하지 않는 모습이었다.

제2전장 블루레인이 이신의 병력으로 삽시간에 뒤덮였다.

[악마군주 암두시아스 님의 계약자 자코모 카사노바 님께서

패배를 선언하셨습니다. 악마군주 그레모리 님의 승리입니다.]

[악마군주 그레모리 님께서 마력 2만 5천을 획득하셨습니다.]

[마력 총량 11만으로 악마군주 그레모리 님께서 서열 70위가
되셨습니다.]

[마력 총량 6만 6천으로 악마군주 암두시아스 님께서 서열 72위
가 되셨습니다.]

―크아아아!

암두시아스가 분노에 찬 고함을 질렀다.

카사노바는 마지막까지 저항했지만 부질없는 몸부림일 뿐이
었다.

이신은 카사노바의 진영을 초토화시켰고, 끝내 건물 하나 남
김없이 파괴시켰다.

그렇게 패배한 카사노바는 암두시아스의 앞에서 바들바들 떨
었다.

―이 비열한 호색한 놈! 네게 한 가닥 재주가 있을 거라 기대
했건만, 끝내 그 얕은 재주도 바닥을 드러내고 말았구나!

생전에 뛰어난 군인이었다고 서열전에서 유리한 건 아니었다.

오히려 생전의 경험에 근거한 편견을 버리지 못해 실패한 사례
가 더 많았다.

그 점을 고려해 암두시아스는 카사노바를 선택했다.

다재다능함과 편견 없는 성격, 다양한 극적인 상황을 겪어본
유연함.

하지만 그 결과가 바로 이것이었다.

초기에는 기대대로 활약했지만, 곧 깊이와 노력의 부재로 이 지경에 이르렀다.

"아, 암두시아스 님! 하, 한 번만 더 제게 기회를……!"

"기회? 암, 줘야지! 새로운 계약자를 구할 때까지는!"

아직 완전히 내쳐지지 않았다고 생각한 카사노바는 반색을 했다.

하지만 암두시아스의 말이 이어졌다.

―그렇다고 날 이 지경으로 만든 네놈의 나태함을 용서할 수는 없지!

"예……?"

―다음 서열전에서 승리할 때까지, 네놈의 거처는 본래 가야 했던 곳이 될 것이다.

"본래 가야 했던 곳이라니요?"

―일생이 사기, 협박, 강간으로 점철된 추잡한 놈이 가야 했던 곳이 어디 같으냐?

카사노바의 안색이 파랗게 질렸다.

―꺼져라!

퍼억!

암두시아스는 앞발로 거칠게 걷어찼다.

"끄아악! 안 돼―!!"

뒤로 나가떨어진 카사노바는 시커먼 블랙홀 같은 구멍에 빨려 들어가 버렸다.

이신은 긴장한 채 그 광경을 지켜봤다. 한 사람이 지옥에 떨어지는 모습을 목격했으니 두려울 수밖에 없었다.

'그레모리와 계약할 때도 '본래 세계'로 돌려보낸다고 했었지.'

죽은 사람인 카사노바의 본래 세계는 지옥이었던 것이다.

암두시아스는 무서운 얼굴로 이신을 노려봤다.

─원하는 소원을 말해라! 나는 음악의 암두시아스. 어떤 악기든 능수능란하게 연주하는 능력을 줄 수도 있고, 불후의 명곡을 작곡할 음악적 재능을 줄 수도 있다!

"그리고 마력을 줄 수도 있지."

그레모리가 덧붙였다. 암두시아스는 얄밉다는 듯이 그녀를 노려봤다.

'딱히 원하는 소원이 없는데?'

음악에 별반 관심이 없는 이신이었다.

"마력을 요구하세요."

그레모리가 옆에서 부추겼다.

이신은 고개를 저었다.

"마력은 원치 않습니다."

"대체 왜 마력을 거부하시죠?"

그레모리가 답답하다는 듯이 물었다.

"마력을 갖게 되면 악마가 된다고 들었습니다. 전 악마가 되고 싶지 않습니다."

그레모리는 한숨을 내쉬었다.

"하지만 앞으로 서열전에서 계속 승리하려면 마력이 필요해요. 마력이 있어야만이 할 수 있는 서열전의 기능이 있으니까요."

"서열전의 기능?"

"그래요."

"그래도 악마가 되는 건 싫습니다."

"무엇을 두려워하는지 알아요. 하지만 염려 말아요. 가진 마력은 언제든 포기하고 인간으로 돌아갈 수 있어요."

그레모리는 이신의 손을 덥석 붙잡았다.

"저를 믿으세요. 전 거짓말을 하지 않아요."

[진실.]

상급 악마 엘티마에게서 얻은 능력이 발동되었다.

'사실이군.'

악마군주 그레모리는 진실인지 거짓인지 숨길 수 있었다. 하지만 거짓을 진실이라 속이지는 못할 터였다.

"마력을 갖게 되면 제 육체나 정신에 비정상적인 변화가 생기는 게 아닙니까?"

뿔이 돋아난다든가, 사악한 마음이 생긴다든가 하는 변화는 피하고 싶었다.

"염려 마세요. 카이저가 원치 않는 한 어떤 변화도 일어나지 않아요."

'그렇다면 내가 손해 볼 건 없군.'

이신은 고개를 끄덕였다.

"마력을 원한다."

―크윽, 좋다…….

암두시아스는 다시 한 번 그레모리를 죽일 듯이 노려봤지만, 그녀는 콧방귀를 뀔 뿐이었다.

—마신께서 정하신 율법에 따라, 내 마력의 1%를 주겠다.

파아앗!

암두시아스에게서 시커먼 안개가 피어올라 이신에게로 스며들기 시작했다.

이신은 불안했지만 잠자코 받아들였다. 계약상 그레모리가 자신을 해가 될 상황에 빠뜨리지는 않을 터였다.

이내 몸속에서 어떤 기운이 꿈틀거리는 것이 느껴졌다. 그리고,

[660마력을 획득하셨습니다.]

[마력으로 6명의 사도를 임명해 휘하에 복속시킬 수 있습니다. 또한 사도에게 무기, 방어구, 능력을 부여할 수 있습니다.]

'사도?'

[사도 : 계약자의 뜻을 받들어 무리를 이끄는 전장의 정예입니다. 사도로 임명한 인물은 다른 계약자가 소환할 수 없으며, 무기, 방어구, 능력을 부여할 수 있습니다.]

'콜럼버스나 로빈 후드 같은 특출한 인물을 다른 계약자가 데려가지 못하게 찜해놓는 건가.'

이신은 대충 사도라는 개념을 이해할 수 있었다.

암두시아스가 전장을 떠난 뒤에도, 이신은 계속 사도에 대해 고민했다.

'사도를 임명하는 데 마력이 얼마나 들지?'

[사도를 1명 지정하는 데 300마력이 소모됩니다. 총 6명까지 지정 가능하며, 지정된 사도는 언제든 교체 가능합니다.]

'내가 가진 마력이 660이니 2명을 지정할 수 있군.'

이신은 콜럼버스와 로빈 후드를 떠올렸다.

콜럼버스는 배짱과 감이 좋아서 정찰에 유용했지만, 그래봤자 결국 노예에 불과했다.

로빈 후드는 활솜씨가 다른 궁병들보다 훌륭하고 지시를 내리는 데도 능숙해 장교처럼 쓸 수 있다.

둘을 모두 사도로 임명할까 하다가 문득 이신은 다른 생각이 들었다.

'무기, 방어구, 능력을 구입하는 데는 얼마나 들지?'

[사도에게 무기나 방어구를 부여하는 데 300마력, 능력을 부여하는 데는 1,000마력이 소모됩니다.]

[무기, 방어구, 능력은 각각 하나씩만 소유 가능하며, 다른 것으로 교체 가능합니다. 교체 시 동일한 마력이 소모됩니다.]

'300, 300, 1,000.'

이신은 고민에 잠겼다. 조금이라도 더 전략적 가치가 높은 판단을 내려야 했다.

잠시 후,

'콜럼버스를 사도로 임명한다.'

[크리스토퍼 콜럼버스를 사도로 임명하시겠습니까? 300마력이 소모됩니다.]

'하겠다.'

[크리스토퍼 콜럼버스를 사도로 임명했습니다. '사도 명단'이라고 말씀하시면 자세한 내용을 확인하실 수 있습니다.]

"사도 명단."

그러자 머릿속으로 메시지가 떴다.

크리스토퍼 콜럼버스(휴먼, 노예)
무기 : 없음
방어구 : 없음
능력 : 없음

'콜럼버스에게 방어구를 부여하겠다.'

[방어구가 임의로 부여되며 300마력이 소모됩니다. 부여하시겠습니까?]

'부여한다.'

이윽고 메시지에 변화가 생겼다.

크리스토퍼 콜럼버스(휴먼, 노예)
무기 : 없음
방어구 : 가죽 부츠(이동 속도 +5%)
능력 : 없음

'좋아!'

이신은 주먹을 불끈 쥐었다.

로빈 후드를 포기하고 콜럼버스에 투자한 이유는 바로 정찰 때문이었다.

사도로 임명해 방어구를 주면 정찰에 더 도움이 되리라는 기대였다.

'방어력만 조금 높아져도 성공이었는데 이건 기대 이상이다.'

이신은 그레모리에게 불쑥 물었다.

"마물도 사도가 있습니까?"

"물론이죠. 엘프, 드워프, 오크 모두 존재해요."

"카사노바에게도 사도가 있었겠군요."

"물론이죠."

'역시 사도가 승부 자체가 큰 영향을 미칠 정도로 대단한 건 아니로군.'

카사노바와 겨룰 때 뭔가 특별한 유닛이 있다고 느껴보지 못했다.

사도가 그렇게 특출하게 강하지 않다는 증거였다.

실시간 전략 게임과 비슷한 서열전의 특성상, 그래야 공평함이 어느 정도 유지되니 말이다.

하지만 사람은 결국 쓰기 나름.

전략적으로 중요한 정찰을 위해 콜럼버스를 택한 건 아주 좋은 선택이었다.

"이제 제 말이 옳다는 걸 아셨겠지요?"

"예, 앞으로 더 많은 마력이 필요해질 것 같습니다."

이신은 순순히 인정했다.

그런 그를 그레모리는 의미심장한 미소를 지으며 바라보고 있었다.

"잘 생각하셨어요."

제11장
주디

"일어나, 새꺄."

이신은 부스스 눈을 떴다.

터프해 보이는 턱수염의 중년 사내가 보인다.

방진호 감독은 혀를 찼다.

"개념을 밥 말아 먹었나. 내가 운전하는데 넌 자냐?"

"제가 몸이 좀 안 좋습니다."

반사적으로 튀어나오는 거짓말.

혹시라도 서열전에서 패배한다면 장시간 수면을 취하게 될지도 모르므로 미리 포석을 깔아두었다.

"지랄하네. 다 왔으니까 내려."

"예."

차창 밖으로 보이는 풍경을 보면서 이신은 비로소 자신이 현실로 돌아왔음을 실감할 수 있었다.

*　　　　*　　　　*

아마추어리그는 한국 e스포츠 협회가 주관하는 공식 대회로, 프로게이머를 꿈꾸는 꿈나무를 위한 등용문이었다.

1년에 12회씩 매달 개최되며, 각 조에서 우승 시 준 프로 자격과 프로 팀 드래프트 참여 자격이 부여된다.

때문에 e스포츠 스타를 꿈꾸는 아마추어들이 각지에서 수없이 모여들며, 프로 팀에서 키우는 연습생들도 준 프로 자격을 따기 위해 참여한다.

용산 e스포츠 센터.

주차장에 차를 세우고서 방진호 감독이 내리자 웅성거리는 소리가 들렸다.

"저거 MBS팀 감독이지?"

"맞아, 방진호 감독이다."

"우와, 프로 팀 감독도 왔어."

"신인 보러 왔나?"

"MBS팀 연습생들도 여기 참가했잖아. 걔들 잘하나 보러 왔겠지."

"좋은 성적 내면 우리도 뽑아줄지 누가 알아?"

10대 중후반에서 20대 초반까지 다양한 나이대의 아마추어들이 선망의 얼굴로 방진호 감독을 쳐다봤다.

그리고…….

"어?!"

보조석에서 이신이 내리자 반응이 무척 격렬해졌다.

"이, 이신이다!"

"이신이다!"

"와아아!"

"이신 형님!"

아마추어들이 구름 떼처럼 모여들었다.

"사인 좀 해주세요!"

"형, 진짜 존경해요!"

"손목은 괜찮으세요?"

방진호 감독은 인상을 썼다.

이신에 대한 관심이 워낙 높아져 있는 상황이라, 어딜 가나 이 난리였다.

두 사람은 모여드는 인파를 어렵사리 헤치고 지나갔다.

아마추어리그의 경기 현장은 거대한 PC방을 방불케 했다.

칸막이로 구분된 수백 개의 좌석에 시합에 임하는 아마추어들로 빼곡하게 채워졌다.

협회 직원이 이리저리 분주하게 돌아다니며 선수에게 안내를 해주고 승패를 체크했다. 승리하고 기뻐하는 선수도, 잔뜩 울상이 되어서 짐을 싸는 선수도 보였다.

다들 헤드셋을 끼고 있어서 게임 사운드는 들리지 않았지만,

워낙 많은 인파가 모인 탓에 소란스러웠다.

방진호 감독과 이신의 등장에 소란이 더욱 커졌다.

"진짜 이신이다."

"와, 씨발 가까이서 보니까 더 잘생겼어."

"게임 존나 잘하겠지?"

"이신 절반만큼만 해도 여기서 전승 우승하겠지."

"표정 존나 썩어 있다. 귀찮나 봐."

굳어 있는 표정의 근엄한 방진호 감독과 짜증 가득한 이신.

그런 두 사람의 분위기 탓에 사람들은 다가가거나 귀찮게 하지 않고 약간 떨어져서 구경할 뿐이었다.

"아직 64강쯤인가?"

"너무 일찍 왔네."

"말 짧다."

"혼잣말입니다."

"일단 우리 팀 연습생 애들 잘하나 보러 가자."

"예."

두 사람은 지나가면서 시합을 벌이고 있는 아마추어 선수들의 모니터를 하나둘 훑어보았다.

길게는 1분, 짧게는 10초씩.

손놀림이나 유닛 컨트롤, 공격받았을 시의 대처 등을 보며 한 명씩 훑어나갔다.

오랫동안 팀을 이끌어온 방진호 감독은 물론, 이신도 한눈에 선수 실력을 파악했다.

하지만 차이점은 눈높이.

방진호 감독으로서는 이 정도면 가망이 있다 싶은 선수도 이신은 냉정하게 평가했다.

MBS 연습생의 경기를 보면서도 그 관점의 차이가 극명하게 드러났다.

"어때 보여?"

"글렀습니다."

방진호 감독은 팍 인상을 썼다.

"대뜸 독설이야. 실력 말고 자질을 보라고."

"자질을 본 겁니다. 쟨 안 됩니다."

"손 빠르고 빌드도 잘 아는데 저 정도면 가르칠 만하잖아."

"손은 빠른데 헛손질이 많습니다. 집중이 잘 안 되고 있다는 뜻입니다."

"헛손질을 줄여야 한다 이거지?"

방진호 감독은 수첩에 메모를 하기 시작했다. 적어도 이신의 게임 보는 눈은 신뢰하는 그였다.

"매 순간순간 자기가 무엇을 해야 하는지 명확하게 알면 헛손질이 없어집니다. 보통 프로 경기에서도 할 게 없는 사면초가 상황에선 선수들의 헛손질이 많죠."

이신의 말을 다 적어 놓은 방진호 감독은 다시 물었다.

"쟤 이번에 어디까지 갈 것 같아?"

"준프로까지는 못 뚫을 것 같습니다."

"쯧, 다른 애 보러 가자."

두 사람은 MBS 소속 연습생들의 경기를 둘러보면서 계속 분석을 했다.

의견을 주고받다가 방진호 감독이 이신의 말에서 교육 지침을 캐치하는 식이었다.

이렇듯 감독이 아마추어리그를 직접 챙기는 일은 굉장히 드물었다. 보통은 연습생들을 관리하는 코치들을 보내는 정도였다.

하지만 방진호 감독은 사정이 달랐다.

'팀 운영에 책정되는 돈은 점점 떨어지고 있고, 실력 좋은 1군 선수를 영입해서 라인업을 보강하기는 틀렸어.'

현재의 MBS 방송국 경영진은 한국 e스포츠의 전망을 굉장히 비관적으로 바라보고 있었다.

이신 사태 이후로 한국 e스포츠의 황금기는 끝났다고 보는 모양이었다.

때문에 팀에 떨어지는 운영비도 나날이 줄어들어서 에이스 신지호까지 쌍성전자에게 빼앗겼다.

'빌어먹을. 그러게 내가 박영호 영입하자니까!'

작년 하반기에 방진호 감독은 박영호를 영입하고자 했었다.

하지만 쓸데없는 추가 지출을 금하는 경영진의 태도로 무산되었다.

놓쳐 버린 박영호는 현재 최영준과 함께 '쌍영'이라 불리는 최강자가 됐다.

생각할수록 분통 터질 노릇이었다.

하지만 방진호 감독은 아직 MBS의 장래에 희망이 있다고 여졌다.

바로 이신을 코치로 영입한 것!

'올해는 버리는 한이 있더라도 내년을 노리고 애들을 키우자.'

2군과 연습생을 잘 키워서 내년에는 즉시 전력감이 될 수 있도록 키우겠다는 새로운 목표를 세운 방진호 감독.

이를 위해서 게임의 신이라 불린 이신을 코치로 영입했다.

이신 영입 효과가 팀 선수들의 성장으로 이어진다면 충분히 가능성 있는 이야기였다.

대부분의 2군과 연습생들은 불과 10대 중후반. 나이가 어린 만큼 계기만 잘 주어지면 성장이 빨라지는 것이다.

이신 같은 불가사의한 괴물이 예고도 없이 대뜸 출현하는 게 e스포츠 판이니까.

"한번 쭉 둘러보자."

"예."

MBS 연습생들을 둘러본 후에는 다른 아마추어 선수들도 둘러보면서 쓸 만한 인재가 있나 찾아보는 두 사람.

그러다가 문득 그들은 특이한 선수를 발견했다.

여자였다.

그것도 외국인이었다.

머리칼은 흑발. 그러나 하얀 도자기 피부와 오똑한 코, 푸른 눈동자는 영락없는 서양인이었다.

10대 후반 정도로 보였지만 외국인이라 나이를 유추하기 힘들었다.

막대 사탕을 오물거리며 키보드와 마우스를 열심히 조작하는 백인 소녀.

"허, 외국인이네."

방진호 감독은 깜짝 놀랐다.

e스포츠의 종주국은 한국이지만, 현재는 영미권에 한국보다 훨씬 규모가 큰 e스포츠 프로리그가 존재했다.

확실한 투자와 체계적인 시스템이 도입되면서 지금은 실력도 한국을 능가한 지 오래.

그런데 서양인이, 그것도 여성이 한국까지 와서 아마추어리그에 참석하다니 놀라운 일이었다.

하지만 그뿐이었다.

외국인이라 한국에서 프로 생활을 할 수 있을지는 의문.

또한 여자 선수가 프로 경기에 전력감이 되었던 적은 한 번도 없었다.

방진호 감독은 곧바로 그녀를 지나쳐 버리려 했다.

하지만 이신은 그 자리에서 꿈쩍도 하지 않고 백인 소녀의 모니터 화면만 바라보고 있었다.

"뭐해?"

"좀 더 보죠."

"볼 거 있어?"

"예, 잘합니다."

"잘한다고?"

처음으로 나온 이신의 칭찬이었다.

그제야 방진호 감독도 소녀의 플레이를 진지하게 감상하기 시작했다.

백인 소녀의 종족은 인류.

상대는 괴물.

확장 기지를 곳곳에 세운 괴물은 엄청난 자원을 바탕으로 유닛을 대량 생산했다.

꾸역꾸역 쏟아져 나오는 괴물의 대병력을, 소녀는 열심히 막고 있었다.

"괴물이 저렇게까지 확장했으면 진 거지."

괴물의 장점은 빠른 확장과 병력 생산.

때문에 괴물을 상대할 땐, 빠른 성장을 못하게 충분히 견제를 해야 한다.

견제를 못하고 괴물이 커버리게 놔두면 바로 저렇게 되는 것이다.

패색이 역력한 백인 소녀.

괴물의 물량 공세를 몇 차례나 막아냈지만 결국 패배할 게 뻔했다.

그럼에도 이신은 소녀의 플레이에서 눈을 떼지 못했다.

"저거, 플레이가 널 닮았는데?"

방진호 감독이 말했다.

이신은 고개를 저었다.

"절 닮은 게 아닙니다."

"맞잖아? 건물 배치며 컨트롤 방식하며."

"닮은 게 아니라 절 모방하는 겁니다."

"……"

"처음부터 끝까지 쭉 제 플레이를 흉내 냈겠죠. 자기 고유의 플레이가 조금도 없어요."

"그래? 그럼 더 볼 것도 없잖아."

자기 색깔이 없으면 프로로서도 가망이 없다고 봐야 옳았다.

신이라 불린 이신을 모방했으니, 어느 정도 기본은 나온다.

하지만 따라 하기만 할 뿐, 왜 그런 플레이를 해야 하는지 이해하지 못하므로 깊이가 얕다.

백인 소녀는 컨트롤도 손 빠르기도 그저 그랬다.

방진호 감독은 이신이 왜 그녀를 주목하는지 이해하기 힘들었다.

'외국인을 처음 보는 것도 아니고.'

그때, 이신이 말했다.

"꼼꼼합니다."

"뭐?"

"유닛을 한 개도 안 흘려요."

"어?"

방진호 감독은 그제야 소녀의 게임 화면을 다시 주시했다.

'정말이군.'

경기가 장기화되면 보유한 유닛이 수십, 수백 개가 된다.

당연히 모든 유닛을 조작하기란 어렵고, 가만히 방치된 유닛이 생긴다.

그런데 소녀는 유닛을 하나라도 놓게 놔두는 법이 없었다.

유닛을 모두 기억하고 있다는 뜻이었다.

꼼꼼함!

기억력!

방진호 감독은 전율을 느꼈다.

신이라 불린 자, 이신이 가진 수많은 재능 중 가장 무서운 부분! 바로 그 꼼꼼함을 백인 소녀도 가지고 있었다.

'그래도 단점이 너무 많은데.'

느린 손, 서툰 컨트롤, 부족한 공격성.

무엇보다도 다른 국적.

역시 안 되겠다고 방진호 감독이 생각할 때였다.

"연습생으로 잡죠."

"진심이야?"

"제가 키우겠습니다."

"…뭐?"

놀란 얼굴을 한 방진호 감독에게 이신이 말했다.

"신의 제자로 한번 키워보겠다 이 말입니다."

"얌마, 쓸데없는 소리 하지 마. 외국인에 여자잖아!"

"MBS가 박영호도 놓치고 신지호도 뺏겼는데, 연봉 1억짜리 코치는 영입할 수 있었던 이유가 뭔지 아십니까?"

"새끼가 뜬금없이. 뭔데?"

"스타성. 방송국답게 MBS 경영진은 선수들의 실력 같은 건 조금도 관심 없는 겁니다. 꼰대들이 다 그렇죠."

"그래서, 저 애는 스타성이 있다고?"

"쓸 만한 수준까지 실력을 끌어올릴 수 있습니다. 그거면 되잖습니까."

이신은 턱짓으로 패배를 목전에 둔 백인 소녀를 가리켰다.

"예쁜 외국인 여자애가 실력도 준수하다. 그 정도면 스타감이죠. 자질로 보아 1군 엔트리에 간신히 낄 정도로는 키울 수 있습니다."

방진호 감독은 그 말에 반박할 수가 없었다.

확실히 화제성은 강력하다. MBS 방송국 경영진이 좋아할 만한 요소를 갖췄다.

하지만……

'1군을 껌으로 아나.'

수많은 소년이 청춘 바쳐 덤벼도 1군의 벽은 계란으로 바위를 치는 것과 같았다.

저 여린 외국인 소녀가 그게 가능할지 의문이었다.

'뭐, 마음에 들어 하니 받아줄 수는 있지.'

연습생 한 명쯤 받는 거야 어려운 일이 아니었다. 이신의 의견대로 화제성도 있고 말이다.

＊   ＊   ＊

"저기 잠깐만."

장비를 가방에 챙겨 넣고 떠나는 백인 소녀를 두 사람이 붙잡왔다.

"What?"

백인 소녀는 의아한 얼굴로 옆을 돌아보았다.

두 사람, 그중 이신을 본 백인 소녀는 눈이 휘둥그레졌다.

"Kaiser?"

"이신."

"Yes, Lee Sin."

백인 소녀는 떨리는 목소리로 멍하니 이신을 쳐다봤다.

"한국말 모릅니까?"

이신이 물었다.

"아, 알아요. 조금."

백인 소녀는 더듬더듬 한국어로 답했다.

"실례지만 이름이랑 나이가 어떻게 됩니까?"

"네? 말 천천히……."

"이름, 나이."

"주디스 레벨린. 열아홉……."

"예, 레벨린 씨. 잠시 우리와 얘기 좀 할 수 있겠습니까?"

"네."

흑발의 귀여운 백인 소녀는 고개를 끄덕이고는 나직한 목소리로 수줍게 덧붙였다.

"주디라고 불러주세요……."

방진호 감독은 계속 센터에 남아 아마추어리그를 지켜보기로 했다.

이신은 주디와 함께 밖으로 빠져나와 근처에 있는 카페로 향했다.

한적한 카페를 발견했지만, 이신이 들어간 순간부터 더 이상 한적하지 않게 되었다.

"이신이다."

"꺅! 진짜 이신이야!"

"대박! 완전 잘생겼어!"

"저 외국인 여자는 누구야?"

"어머머! 어쩜 좋아!"

카페 안은 물론 바깥까지 이신을 보기 위해 모여든 인파로 붐볐다.

이신은 눈살을 찌푸렸다.

다들 스마트폰 카메라로 이신을 찍으려고 난리를 쳐서 찰칵대는 소리에 정신이 하나도 없었다.

하지만 그러거나 말거나, 주디는 꿈을 꾸는 듯한 몽롱한 표정으로 이신을 멍하니 쳐다볼 뿐이었다.

이신이 스트레스로 표정이 신경질적으로 된 채 시선을 주디에게로 돌렸다.

깜짝!

이신을 빤히 쳐다보던 주디는 눈이 마주치자 화들짝 놀랐다.

이신은 그런 그녀에게 대뜸 질문했다.

"프로게이머가 될 생각이 있습니까?"

끄덕끄덕.

주디는 눈이 동그래진 채 고개를 끄덕였다.

"그럼 혹시 MBS 팀의 연습생이 될 생각이 있습니까? 연습생이
란 정식 선수는 아니지만 프로 팀에서 선수들과 함께 훈련을 받
는……."

"알아요."

"알고 있다면 얘기가 빨라지겠군요. 월급은 아마 거의 못 받을
겁니다. 하지만 실력을 키워서 프로가 되면……."

"할래요."

이번에도 주디는 설명이 더 길어지기 전에 대답했다.

이신은 말을 중단하고 잠시 주디를 빤히 쳐다보았다.

주디는 배시시 웃었다.

"카이저랑 MBS 갈래요. 게임 가르쳐 줘요."

이신은 미소를 지었다.

얘기가 쉬워졌다.

주디스 레벨린이라는 이 소녀는 프로게이머가 되려고 한국에
온 것이 틀림없었다.

이신의 등장 이후 다시 게임을 배우기 위해 한국으로 유학을
오는 외국인 프로게이머 지망생이 생겼으니 말이다.

"그럼 다른 이야기를 하죠."

"말 편히… 저 열아홉. 카이저 존경해요."

어색한 말투였지만 의미는 쉽게 알아들을 수 있었다.

"그러지. 주디, 어떻게 스페이스 크래프트를 시작하게 됐어?"

"존 패트릭의 팬이었어요."

'존 패트릭?'

이신은 잠시 기억을 더듬었다.

낯익은 이름이었다.

월드 SC 그랑프리에서 그런 선수를 만났던 것 같았다.

"캐나다였나? 신족 플레이어 맞지?"

"네."

"월드 SC 그랑프리에서 진 기억이 별로 없으니, 아마 내가 이겼을 테고."

"Yes, 개인전 32강에서 참패⋯⋯! 캐나다 사람들 충격받았어요."

"내가 원망스럽겠네."

주디는 도리도리 고개를 저었다.

"그때 이신 금메달까지 무패. 저 이제 카이저 팬이에요."

데뷔 첫해, 이신은 국내 개인리그는 물론이고 월드 SC 그랑프리까지 무패우승을 했다.

세계는 충격에 빠졌고, 그때부터 그는 신이라 불렸다.

처음 출전한 개인리그에서 우승하는 것을 로열로드(Royal Road)라 부른다.

그런데 이신으로 인해 한 가지 단어가 더 생겨났다.

가즈로드(God's Road).

처음 출전한 개인리그를 무패로 우승하는 것을 뜻했다.

아직까지 이신 외에는 전 세계 누구도 해내지 못한 진기록이었다.

'내 팬이고 내 플레이를 모방할 정도이니 얘기가 점점 쉬워지는군.'

이신은 주디를 자신의 제자로 낙점했다.

제자를 키워 톱스타로 만드는 것.

선수로 복귀하기 전까지 코치로서의 소일거리로는 제격이었다.

*　　　　*　　　　*

용산 e스포츠 센터에서 열리는 아마추어리그는 프로 팀 연습생들의 잔치였다.

용산이 각 프로 팀 숙소에서 가장 가깝다는 이유였다.

MBS팀에서도 연습생 3명을 내보내 그중 2명이 준프로 자격을 획득했다.

하지만 탈락한 한 명은 프로게이머의 꿈을 접기로 하여서 MBS의 팀 분위기는 뒤숭숭했다.

아침 8시 30분.

숙소를 나선 선수들이 연습실이 있는 MBS 방송국으로 우르르 향하고 있었다.

그런데 바로 그때였다.

웬 커다란 검정색 리무진 한 대가 유유히 방송국 앞에 섰다.

"오, 리무진이다."

"연예인인가?"

"사장일지도 모르지."

방송국이라 연예인의 출현은 드문 일이 아니었다.

하지만 리무진에서 내린 사람은 뜻밖에도 10대 후반의 외국인 소녀였다.

하얀 피부와 푸른 눈동자를 가진 소녀는 연습실로 출근하는 선수들과 똑같은 옷을 입고 있었다.

바로 MBS팀의 유니폼이었다.

"어? 저거……"

"우리 유니폼 입고 있는데."

"우리 팀 팬인가?"

"뭘 팬이 리무진을 타고 나타나?"

선수들은 리무진에서 내린 귀여운 백인 소녀를 보며 당황을 금치 못했다.

소녀는 선수들에게 수줍게 웃으며 손을 가볍게 흔들었다.

선수들도 멍하니 따라 손을 흔들어 보였다.

소녀는 부끄럽다는 듯이 휙 하니 먼저 방송국에 달려 들어갔다.

그리고…….

"아, 안녕하세요. 주디예요. 열아홉이에요. 인류예요. 캐나다 사람이에요. 잘 부탁해요……."

짝짝짝—!!

"오오!"

"새로 온다는 연습생이 여자였어?"

"외국인 미소녀!"

선수들이 열광했다. 기립 박수를 하는 이도 있었다.

늘 근엄한 방진호 감독도 여리고 순수한 주디 앞에서는 특유의 퉁명함을 유지할 수 없었다.

"흠흠, 주디 자리는 저기야. 알겠지?"

방진호 감독의 다정한 말투는 모두를 오글거리게 했다.

배정된 자리를 본 주디는 활짝 웃었다. 옆자리에 놓인 이신 전용의 키보드와 마우스를 한눈에 알아본 주디였다.

한편, 방진호 감독은 그녀가 내려놓는 백팩을 보고 흠칫했다.

백팩의 프라다 로고가 심상치 않았다.

'있는 집 자식이라더니.'

박상혁 단장에게 듣기로, 어제 계약할 때 무섭게 생긴 외국계 변호사가 함께 왔었다고 들었다.

소송당하기 싫으니 주디를 잘 돌보라고 박상혁 단장이 신신당부했다.

프라다 백팩에서 꺼내지는 장비도 범상치 않았다.

'허, 파이어스?'

FIRES M90.

한화로 32만 원이나 하는 명품 미니 옵티컬 마우스!

본래 거의 안 알려진 미국 제품인데, 이신이 애용하고부터 유명해졌다.

'거기다가 뉴타입 솔리드?!'

NEWTYPE SOLID.

38만 5천 원짜리 기계식 키보드로, 역시나 이신이 애용하는 제품이었다.

'우연인가?'

그 다음에 꺼낸 마우스패드는 이신의 것과 달랐다.

하지만 주디는 자기 마우스패드와 이신 자리에 놓인 마우스패드를 번갈아 보더니 고개를 갸우뚱했다.

그러고는 슬쩍 이신의 마우스패드를 집어서 뒷면에 새겨진 제품명을 확인하는 것이었다.

'우연이 아니구나.'

방진호 감독은 주디가 엄청난 이신 광팬임을 깨달았다.

굳이 한국에서 프로게이머를 하려 하는 것도 이신 때문임이 분명했다.

거만한 스승과 광팬 제자. 둘이 만나 어떤 결과를 낼지 상상이 가지 않았다.

'어울릴 것 같긴 하다만.'

장비를 세팅하고서 게임을 막 실행하려 할 때, 이신이 비로소 출근했다.

"새꺄, 넌 왜 이제 와?"

이신은 손목시계를 보여주었다.

"9시인데."

"말 짧다?"

"9시 정각이잖습니까."

딱 계약에 명시된 업무 시간을 지키는 이신. 상사보다 일찍 출근해야 한다는 마인드 따윈 없었다.

"오늘 주디 첫날인데 일찍 좀 오지, 새꺄."

이신은 비로소 자기 옆자리에 앉은 주디를 응시했다.

눈을 마주하자 주디의 하얀 얼굴이 또 빨갛게 물들었다.

"왔어?"

"네."

"연습 시작하자. 온라인에서 방 만들어. 맵은 천상의 갈림길."

"네."

주디는 서둘러 온라인 모드로 접속, 방을 만들었다.

이신도 자리에 앉아 스페이스 크래프트를 실행했다.

―Kaiser 입장!

―Kaiser : 그게 네 아이디야?

―iLoveSin : 네

주디는 얼굴을 붉혔지만 이신은 아이디의 의미를 전혀 신경 쓰지 않았다.

―Kaiser : ㅇㅇ 시작해

―iLoveSin : 네

그렇게 두 사람의 연습이 시작되었다.

주디는 백지였다.

아마추어들도 세간에 떠도는 프로들의 노하우를 습득하게 마련인데, 주디는 그런 것이 하나도 없었다.

오직 이신을 그대로 카피한 플레이뿐이었다.

자기 색깔이 없는 스타일.

어찌 보면 주디의 가능성을 회의적으로 본 방진호의 시각이 타당했다.

하지만 이신이 주디를 자신 있게 자기 제자로 삼은 이유도 바로 이거였다.

'고스란히 내 방식을 주입하면 되니까 걸리는 게 없군.'

똑같은 빌드를 기계처럼 반복·숙달해도, 사람인 이상 선수들은 물론 연습생들도 제각각 개성이 있었다.

하지만 주디는 존중해 줘야 할 자신만의 개성이 없으니 거리낌 없이 일방적인 가르침을 내릴 수 있었다.

'지도자로서의 워밍업이라고 봐야지.'

철저하게 준비가 끝나면 선수로 복귀할 생각이지만, 이신의 나이도 어느덧 25세였다.

선수 생활 이후, 지도자로서의 진로도 어느 정도 염두에 두고 있었다.

굳이 MBS의 코치가 된 이유도 이 점이 작용했다.

이신은 주디를 훌륭한 선수로 만들고 싶었다.

훌륭한 선수란 팀에 기여하는 선수였다.

"넌 아무것도 모르니 그냥 내가 시키는 대로만 해."

"네."

이신은 중학생 정도로 보이는 어린 연습생을 불러 주디의 연습 상대로 삼았다.

연습 게임이 시작되자 이신이 말했다.

"지금부터 내 말대로만 해."

"네."

"네 자의적인 판단은 필요 없어. 내 아바타야. 이해했어?"

"Yes."

주디는 고개를 끄덕였다.

"일꾼 계속 뽑아."

그렇게 이상한 교육이 시작되었다.

주디는 꼭두각시처럼 이신이 시키는 그대로 실행했다.

"지금 나오는 일꾼으로 병영 건설해. 사령부 바로 옆에 딱 붙여서."

이신이 입으로 게임을 했다. 주디는 그의 키보드이자 마우스였다.

외국인인 주디가 이신의 지시를 못 알아들었을 땐, 거침없이 일시 정지시키고 이해할 때까지 또박또박 말해줬다.

그 때문에 게임이 수없이 예고도 없이 일시 정지되었지만, 상대 연습생은 군말 없이 따라주었다.

"공격해. 들어가지는 말고."

"What?"

이신은 즉각 일시 정지를 눌렀다.

"병력 다 끌고 공격에 나서되 싸우지는 말고 겁만 주란 말이야. 상대 시선이 이쪽에 머물도록."

"아, 공갈?"

"그래, 공갈."

"Okay."

이신은 바로 게임을 재개했다. 상대 연습생도 이제 익숙해진 탓에 미리 예고해 줄 필요도 없었다.

연습을 하다가 쉬던 선수들은 그런 두 사람의 이상한 교육 방식에 아연실색했다.

"됐어. 이제 항공수송선에 고속전차 태워."

"벽에 딱 붙여서 이동해."

"가기 전에 레이더 한 방."

"뭐 해? 멈추지 마. 앞에 병력도 계속 움직여서 시선 잡아놓으란 말이야."

"What?"

이신은 또 일시 정지를 누르고 상세하게 설명해 주었다. 그제야 주디는 아, 하고 고개를 끄덕였다.

"원래 템포도 중요해. 이렇게 상대한테 생각할 시간을 줘버렸잖아."

"아, 죄송해요."

"괜찮아. 아무튼 계속하자."

"네."

게임이 재개되고서 주디는 시키는 대로 이행했다.

항공수송선들이 대거 상대의 본진으로 침입했다.

하지만 본진에는 상대의 병력 일부가 돌아와 드롭 공습에 대비한 상태였다.

일지 정지된 동안 연습생도 뭔가 낌새를 느꼈던 것이다.

"바로 빼!"

주디는 항공수송선들을 바로 되돌렸다.

이신은 다시 일시 정지를 눌렀다.

"자, 봐봐. 상대가 낌새를 느끼고 병력이 되돌아왔지?"

"네."

"그럼 여기서 뭘 생각해야 할까?"

주디는 푸른 눈을 동그랗게 뜬 채 고개를 저었다.

"저게 어디에 있던 병력일까를 생각해야지. 어딘가에 저만큼의 병력이 빠졌다는 뜻이잖아. 거기가 바로 빈틈인 거야."

"아!"

주디가 눈을 반짝이며 고개를 끄덕였다.

"좋아, 그럼 시작하자마자 레이더로 12시와 3시 찍어."

"네."

게임을 재개했다.

주디는 레이더로 1시와 3시 지역을 탐지했다.

12시 지역의 상대 확장 기지에 방어선이 허술하다는 것을 발견했다.

연습생은 12시 지역을 지키던 병력을 본진 방어로 돌렸던 것!

"항공수송선 12시로."

"네!"

항공수송선들이 12시 지역으로 침투했다.

대공포가 불을 뿜었지만, 항공수송선은 격추당하기 전에 고속 전차와 기동포탑들을 내려보냈다.

승부의 균형이 깨졌다.

그 뒤에 연습생은 온 힘을 다해 방어했지만, 이신의 오더를 받아 다각도로 공격을 퍼붓는 주디에게 무릎 꿇었다.

"Wow!"

주디는 손뼉을 치며 좋아했다.

말로 플레이하느라 지친 이신은 소매로 이마의 땀을 훔쳤다.

'묘하군.'

게임을 이론으로 설명하며 플레이한다는 건 묘한 느낌이었다.

습관적으로 했던 사소한 플레이까지도 명확한 의미로 정리되면서, 이신은 도리어 자신이 좋은 훈련을 했다는 느낌을 받았다.

"할 만해?"

"네, 너무 좋아요."

주디도 자신의 손에서 펼쳐진 한층 수준 높은 플레이에 감명 깊었던 모양이었다.

"그럼 계속하자."

이번에는 다른 종족을 하는 연습생을 불러다가 게임을 했다.

그렇게 3명의 연습생이 번갈아가며 훈련을 하다 보니 어느새 저녁이 되었다.

이신은 연습생들을 불러 5만 원권 지폐를 한 장 건넸다.

"수고했어. 맛있는 거 사먹어."

툭하면 일시 정지되어 흐름이 끊기는 짜증나는 연습을 도와 준 보답이었다.

"우와!"

"감사합니다!"

연습생들은 신이 나서 돈을 들고 떠났다.

저녁 식사 뒤에는 체력 단련 시간이었다.

MBS팀은 근처에 있는 계약된 헬스클럽에서 트레이너의 지도를 받으며 운동을 했다.

이신은 아예 따로 고용한 트레이너에게 퍼스널 트레이닝을 받았다.

다른 팀원들과 함께 운동 교습을 받던 주디는 홀로 퍼스널 트레이닝을 하는 이신을 보며 고개를 갸웃거렸다.

주디는 쭐레쭐레 이신에게 다가가 물었다.

"저도 퍼스널 트레이닝 할래요. 돼요?"

"팀에서 지원해 주지 않는데."

"돈은 제가. 돼요?"

"그럼 돼."

주디는 밝게 웃으며 카운터로 향했다. 잠시 후 주디 역시 트레이너와 일대일로 지도를 받기 시작했다.

러닝머신 위에서 이를 본 방진호 감독은 혀를 찼다.

"돈 많은 놈들이 끼리끼리 만났군."

외국인이라 사고방식이 다른 주디와 아예 다른 세상에서 사는 듯한 이신. 아주 잘 어울리는 사제 한 쌍이었다.

운동 후, 선수들이 명상 교육을 받는 동안 이신은 먼저 연습실로 돌아왔다.

인터넷에 접속해 지난 경기 VOD를 시청했다.

경기 제목은 이러했다.

—*2020 프로리그 1R 7경기, 쌍성전자 대 MBS 5set, 최영준 vs 신지호.*

주디에게 인류 대 신족 전을 가르치기에 앞서 참고 영상을 보려는 것이었다.

'쌍영'의 1인 최영준.

현존 국내 최고의 인류 신지호.

수준 높은 두 사람의 대결이니 참고할 점도 많을 터였다.

'내 계보를 잇는 천재라는 녀석은 어떤 모습일지 궁금하군.'

이신은 VOD 재생을 클릭했다.

제12장

최영준

신지호 대 최영준.

쌍영의 최영준과 한국 최고의 인류 플레이어 신지호의 대결로 유명했다.

시작은 신지호가 유리했다.

'생 더블?'

게임 시작 후 앞마당 확장 기지를 먼저 가져가는 빌드.

공격에 무방비가 된다는 위험성이 크지만, 무사히 넘기기만 하면 자원에서 상대를 압도한다.

성공만 한다면 승리한 것이나 다름없는 도박성 빌드 오더였다.

도박에 성공한 신지호는 자원 우위를 바탕으로 다수의 병력을 뽑아 맵 센터를 장악, 최영준을 강하게 압박하기 시작했다.

하지만 그건 최영준의 커리어를 빛낸 명경기의 서막이었다.

―뚫었습니다! 신지호의 압박을 뚫어냈어요!

―하지만 신지호의 후속 병력이 계속 오는데요! 어떻게 막을 겁니까, 최영준!

믿을 수 없는 광경이 펼쳐졌다.

가진 자원을 있는 대로 쥐어짜서 신지호의 공세를 막아낸 최영준.

끝끝내 막아낸 후에는 최영준의 반격이 시작되었다.

신족이 괴물처럼 **빠르게** 확장했다.

신족이 괴물처럼 병력을 쏟아냈다.

'뭐야, 저게?'

최영준이 쏟아내는 상식을 초월하는 물량에 이신은 섬뜩함을 느꼈다.

훨씬 높은 자원 우위를 갖고 시작한 신지호를 물량으로 압도하고 있었다.

더 적은 자원을 먹었음에도, 자원의 공급과 소비를 최적화하여 신지호를 압도하는 병력 생산을 해낸 것!

'저게 어떻게 되어먹은 물량이야?'

생 더블로 시작한 신지호를 능가하는 병력!

이제는 신지호가 진땀을 흘리며 디펜스에 열중해야 했다.

막아도 막아도 최영준의 병력은 끝없이 밀려왔다.

정평이 나 있는 신지호의 디펜스가 여지없이 흔들렸다.

해설진도, 관객도, 신지호도, VOD로 다시 보는 이신도 충격에
빠졌다.

―아아! 엄청납니다! 쌍영의 최영준!

―숨 고를 틈을 주지 않아요. 아무리 막아도 끝없이 후속타가
이어지고 있어요.

―방어선이 계속 뚫립니다! 광신도들이 정말로 미친 것처럼 몰
려듭니다! 신지호, 어떡할 겁니까? 가드만 올린 채 두들겨 맞다가
끝날 참입니까?!

―최영준의 광기가 폭발합니다! 광기신족 최영준!

최영준의 불가사의한 물량은 끝내 신지호의 빈틈없는 디펜스
를 강제로 뚫어버렸다.

―으아, 신지호 GG!

―최영준―!!

흥분에 찬 해설진.

관객들의 환호와 비명.

멍해진 MBS팀의 벤치.

'저걸 어떻게 막아야 하는 거지?'

이신은 보고도 믿을 수 없는 최영준의 물량 공세에 혀를 내둘렀다.

신지호의 플레이에 잘못된 부분은 하나도 없었다.

그런데도 굴욕적인 역전패를 당했다. 마치 치트키를 쓴 것처럼, 최영준은 병력을 뽑아 퍼부었다.

같은 인류 플레이어로서 이신도 고민이 될 수밖에 없었다.

그런데 그때였다.

"저기……."

이신은 VOD를 정지시키고 뒤를 돌아보았다.

주디가 쭈뼛이 서서 물끄러미 그를 바라보고 있었다. 몹시 곤란하다는 표정이었다.

"왜?"

"코치님, 거기 제 자리예요."

"뭐? 네 자리는 내 옆이……."

이신은 옆자리를 보다가 흠칫했다.

정말로 지금 그가 앉아 있는 곳이 주디의 자리였다.

그제야 이신은 자리를 비켜주었다.

"나랑 똑같은 키보드 쓰네."

"네."

"마우스도 똑같고."

"네……."

주디의 얼굴이 빨개졌다.

키보드, 마우스, 심지어 마우스패드까지 이신과 동일하니 자리를 착각할 수밖에 없었던 것.

'어쩐지 이상하게 바탕화면에 아이콘이 많더라니.'

똑같은 물건이 이렇게 많다니 정말 신기한 우연이라고 이신은 생각했다.

'그나저나 바로 선수 복귀를 하지 않은 게 다행이군.'

별명 그대로 광기 어린 최영준의 물량 공세.

긴 공백기를 가졌던 이신으로서는 최영준을 어떻게 상대해야 하는지 감이 잡히지 않았다.

잠시 후, 방진호 감독이 돌아오자 이신이 물었다.

"최영준하고 게임한 리플레이 파일 있습니까?"

"최영준? 쌍성전자 쪽이랑 친선 연습한 지 꽤 됐는데. 왜? 최영준한테 관심 생겼어?"

"예, 천재던데요."

방진호 감독은 깜짝 놀랐다. 이신의 입에서 천재라는 말이 나올 줄이야.

"경기 영상 말고 최영준의 시점에서 플레이하는 걸 보고 싶습니다."

"최영준 플레이 개인 화면? 그야 어렵지 않지."

방진호 감독이 말을 이었다.

"최영준 시즌 오프 때 종종 개인방송 하니까 그거 봐."

"…개인방송?"

*　　　　*　　　　*

작년 한국 프로리그 우승 팀인 쌍성전자는 월드 SC 그랑프리 단체전 참가 자격을 얻어 개최지 파리의 호텔에 체류 중이었다.

그리고 쌍성전자의 에이스 최영준은 지난번 전반기 개인리그의 준우승자로서 개인전 참가 자격까지 얻었다.

간단하게 팀 연습을 마치고 호텔 룸에 돌아온 최영준은 가져온 노트북을 실행했다.

파프리카TV 프로그램을 실행시켜 개인방송을 시작했다.

시작하자마자 시청자들이 미친 듯이 접속했다.

쌍영의 1인, 광기신족이란 별명으로 떠오르는 신성이 된 그의 개인방송은 늘 엄청난 시청자를 기록하곤 했다.

"안녕하세요, 최영준입니다."

—오오!

—2등.

—기다렸어요!

—거기 지금 파리?

—그랑프리 참가 중이겠네.

시청자들의 채팅이 미친 듯이 쏟아졌다. 최영준은 웃으며 말했다.

"예, 여긴 지금 파리입니다. 월드 SC 그랑프리에 참석한 상태고요. 보신 분은 아시겠지만 개인전은 무사히 예선을 뚫고 본선에 올라갔습니다."

—최영준인데 예선은 껌이지.

—한국에 금메달 하나 추가요!

—예선이야 양민학살 아님?

"에이, 아니에요. 예선 뚫는 거 되게 힘들었어요. 다들 자기 나라에서 최고인 선수들만 온 건데 어떻게 쉽겠어요?"

—자기 나라 최고들만 모인 데서 무패우승한 사람은 뭐임?

—사람이라뇨? 그분은 사람이 아니라 신이십니다.

—신성모독?! ㅂㄷㅂㄷ

—무패우승 한번 보여주세요!

—포스트 신이면 그랑프리 무패 금메달 정도는 한번 해줘야!

—님들 돌았음? 사람에게 왜 신의 일을 강요하는지?

—최영준이면 할 수도 있다.

—하지만 본선에서 박영호를 만난다면 어떨까? ㅋㅋ

—그랑프리 개인전 결승에서 쌍영전 치르면 대박일 텐데!

—무패 금메달 따면 별사탕 1만 개 쏜다!

—1개 쏴서 팬 가입이나 해라 ㅉㅉ

채팅창을 보던 최영준은 웃으면서 손사래를 쳤다.

"에이, 무패우승은 못하죠. 운이 아주 좋아야 하잖아요. 빌드

가 갈리는 경우도 얼마나 많은데, 가위바위보에서 매번 이길 순
없잖아요."

—이신처럼 실력이 아주 압도적이면 운이랑 상관없지.

—ㅋㅋㅋ 솔직히 이신도 운이 좋았지 ㅋㅋ

—이신 무패 금메달이 운이라고? 이런 ㅆㅂ 경기 못 봤냐? 모든 시합
이 다 압도적이었는데.

—신께서는 운 같은 거 필요 없으셨다!

—단체로 김칫국 ㅋㅋㅋ 한국에서 잘한다고 무조건 금메달이냐? 아직도
한국이 e스포츠 최강국인 줄 아네.

—솔직히 한국이 가진 금메달은 이신이 개인전에서 다 딴 거다. 단체전
에서는 동메달도 구경 못 했지.

—단체전이 연승제였으면 신께서 올킬하시며 금메달 따주셨을 텐데!

월드 SC 그랑프리 시즌이라 그런지, 이신에 대한 이야기가 폭
발적으로 쏟아졌다.

그런데 그때,

—Player_SIN 님께서 입장하셨습니다.

'어?'

최영준은 방금 들어온 시청자 아이디에 관심을 보였다.

스페이스 크래프트 온라인에서 꽤 유명한 유저와 동일한 아이

디였던 것이다.

"플레이어 신 님, 어서 오세요. 그런데 혹시 스페이스 크래프트 온라인의 S등급이신 그분 맞나요?"

—Player_SIN : 맞아.

"우리 팀의 오준환 코치님께 쪽지 받으신 적 있죠?"

—Player_SIN : 최민재.

최영준은 반색했다.

그의 말대로 Player_SIN에게 쪽지를 보내 영입하려 했던 사람은 오준환 코치가 아닌 최민재 코치였다.

Player_SIN 본인이 확실했다.

"본인 맞으시네요. 반갑습니다. 프로들 사이에서도 잘하시기로 유명하던데요?"

—Player_SIN : 어.

반말이 거슬렸지만 원채 개인방송을 하다 보면 별의별 시청자를 다 만나므로 최영준은 개의치 않았다.

"잘됐네요. 저 마침 다음 개인전 본선 첫 상대가 인류인데. 제 연습 상대 좀 해주실래요?"

—오오, 붙자!

—하자!

—진짜 플레이어 신 맞나 보네. 존나 잘한다고 유명함.

—프로 팀에서 영입하려고 난리라던데 사실이었구나. 저 님 클래스 있음.

―와, 쌍성에서도 제의받았네;;

시청자들의 반응이 매우 좋았다.

최영준도 오늘 방송을 재미있게 만들 수 있는 콘텐츠를 발견해서 기뻤다.

―Player_SIN : 너 플레이하는 거 보고 싶었는데.

"저랑 좀 하시고 리플레이 파일로 봐도 되잖아요."

―Player_SIN : 아니, 네 개인 화면. 이 방송 나중에 다시보기로 볼 수 있게 해준다면 하지.

"어, 다시보기 등록은 안 되는데……."

최영준은 곤란한 표정이 되었다.

최근 프로게이머들 중 상당수가 개인방송으로 부수입을 얻고 있었다.

시즌 오프 때 짬짬이 하는 개인방송은 프로 팀들도 허용해 주는 추세였다.

하지만 금지사항이 있었다.

바로 개인방송을 다시보기로 등록해 놓는 것.

언제든 선수의 플레이를 볼 수 있다면, 그만큼 그 선수에 대한 팬들의 기대감도 줄어든다는 뜻이었다.

―Player_SIN : 방송 녹화 파일을 보내주는 것도 안 돼?

"음, 그것도 좀 그런데."

최영준이 곤란해할 때였다.

—Player_SIN 님께서 별사탕 10,000개를 선물하셨습니다!

'헉!'

최영준은 순간 자신의 눈을 의심했다. 별사탕은 1개당 100원.
당연히 채팅창은 난리가 났다.

—헐 뭐여!

—오 ㅆㅂ

—오

—우와!

—대박이다!

—와 ㅆㅂ 방금 100만 원 쏜 거야?

—ㅋㅋㅋㅋ 얼마면 되겠니? ㅋㅋㅋ

"와, 정말 감사하긴 한데……"

최영준은 더더욱 곤란해졌다. 그러자,

—Player_SIN 님께서 별사탕 10,000개를 선물하셨습니다!

'헉!'

최영준은 기겁을 했다.

—Player_SIN : 이래도 안 돼?

즉석에서 200만 원을 선물한 시청자의 부탁!

고뇌하던 최영준은 이윽고 입을 열었다.

"녹화파일 다른 곳에 유포 안 하실 거죠?"

—Player_SIN : 안 해. 파일 유포되면 소송 걸어.

"끄응, 알겠습니다. 그럼 그렇게 할게요. 아무튼 별사탕 2만 개 정말 감사……."

말이 채 끝나기도 전이었다.

—Player_SIN 님께서 별사탕 10,000개를 선물하셨습니다!

"우, 우와?!"

방송 시작 30분도 안 되어서 별사탕 3만 개가 터진 상황.

놀라서 자리에서 벌떡 일어난 최영준이 송구하다는 듯이 Player_SIN에게 말했다.

"아, 이렇게까지 해주지 않으셔도 되는데……."

—Player_SIN : 됐어. 얼마나 한다고.

위엄 넘치는 갑부 시청자의 등장에 채팅창도 덩달아 흥분으로 들끓어 올랐다.

—헐, 포스 넘친다;;

—단숨에 3백만 원 ㅎㄷㄷ

—저건 딱 봐도 금 수저 포스다.

—갑부인 척 허세 쩌는 월급쟁이에게서는 절대 나올 수 없는 위엄이 느껴진다.

—와, 내 월급을 30분 만에 ㅠㅠ

—그냥 짱 드셈.

―얼마나 한다고 ㅎㄷㄷ

―내 월급의 2배다 ㅠㅠ

"아무튼 정말 감사하고요, 그럼 게임은 3판 2선으로 할까요?"

―Player_SIN : 어.

"네, 그럼 지금 바로 접속하겠습니다. 온라인에서 봬요."

―Player_SIN : 그래.

―Player_SIN 님께서 퇴장하셨습니다.

*   *   *

'생각지도 못한 기회군.'

최영준과 3판 2선승제로 게임을 하게 된 이신은 파프리카TV 방송을 끄고 스페이스 크래프트에 접속했다.

황병철, 박영호, 최영준.

현존 국내 최강을 논하는 3인 중 이신이 전혀 모르는 선수는 바로 최영준.

이신이 e스포츠계를 떠난 사이에 데뷔한 신인이니 당연했다.

그런 신인이 현재 프로리그에 연승 행진을 거두며 신족의 새로운 트렌드를 제시하고 있는 것.

'이참에 철저히 분석을 해야겠다.'

승패는 상관없었다.

오늘 방송 녹화 영상까지 받기로 했으니, 최영준의 개인 화면까지 보고 철저히 파헤칠 참이었다.

온라인에 접속해 최영준과 만났다.

—rush_joon : 굿겜.

—Player_SIN : Good game.

첫 게임이 시작되었다.

맵은 유혈의 기억.

'일단 보편적인 빌드로 가보자.'

본래 일찍부터 승부를 보는 스타일이었지만, 이신은 되도록 게임을 길게 끌며 최영준을 파악하기로 했다.

때문에 택한 빌드는 1병영 더블.

병영 하나 건설 후, 바로 앞마당에 확장 기지를 건설하기 시작했다. 게임을 길게 보며 자원 확보를 우선시한 것.

때마침 양측의 정찰이 무난하게 서로를 발견했다.

5시, 이신의 진영에 최영준의 신도가 들어왔다.

이신의 건설로봇 또한 최영준의 1시 본진에 진입했다.

서로의 빌드를 확인하기 시작했다. 일꾼이 최대한 오래 살아서 상대를 정찰할수록 게임은 유리해진다.

최영준은 이신보다 한 술 더 떴다.

광신도 1명도 뽑지 않고 바로 앞마당에 확장 기지를 건설하고 있었다. 방어 시설도 하나 없는 무방비 상태였다.

이신은 병영에서 보병을 2명 뽑았는데, 최영준은 그보다도 더 방어에 자원 투자를 안 했다.

1시와 5시 지역.

서로의 거리가 매우 가까운데도 무방비 상태인 최영준.

그 의미는 하나였다.

공격 올 테면 와봐라.

공격 오는 거 확인하면 그때 가서 디펜스해도 늦지 않다.

언제든지 막을 수 있다.

'날 얕보나.'

온라인의 유명 고수라고 치켜세우더니, 결국 적당한 워밍업 상대로밖에 안 보는 듯했다.

하기야 프로리그 승률 1위인 최영준의 입장에서는 당연했다.

이해는 가는데, 그거랑 별개로 이신은 불쾌해지기 시작했다.

'정신이 번쩍 들게 해주지.'

무난하게 장기전을 하려던 생각이 싹 사라졌다.

*   *   *

"시작이 좋네요."

최영준은 여유가 있었다.

방어에 자원을 쓰지 않았기 때문에 테크트리가 쭉쭉 올라갔다.

그런데 그때였다.

본진 안을 배회하던 Player_SIN의 건설로봇이 앞마당으로 나갔다.

그러고는…….

"어?"

건설로봇은 앞마당에 건설 중인 대신전 앞에 참호(인류 종족 방어 시설, 보병이 안에 들어가 적을 공격할 수 있다)를 건설하기 시작했다.

뿐만 아니라 상대의 본진에서도 보병 2명과 건설로봇 4기가 일제히 튀어나왔다.

치즈러시(Cheese rush)였다.

『마왕의 게임』 2권에 계속…

초대형 24시 만화방

신간 100%, 샤워실, 흡연실, 수면실(침대석), 커플석, 세탁기 완비

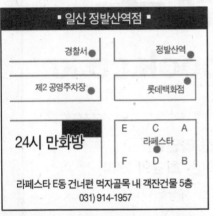

■ 일산 정발산역점 ■

경찰서 ● 　　　　정발산역 ●

제2 공영주차장 ● 　　　롯데백화점 ●

24시 만화방

E C A
라페스타
F D B

라페스타 E동 건너편 먹자골목 내 객잔건물 5층
031) 914-1957

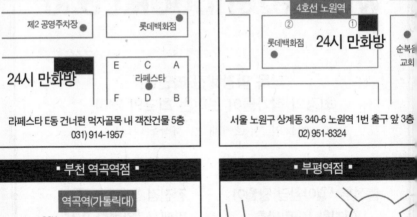

■ 강북 노원역점 ■

운전면허 시험장 ●

⑨　　　　　⑩

4호선 노원역

②　　　　　①

롯데백화점 ●　　24시 만화방

순복음
교회

서울 노원구 상계동 340-6 노원역 1번 출구 앞 3층
02) 951-8324

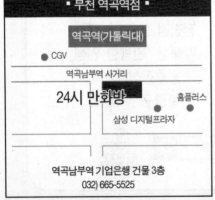

■ 부천 역곡역점 ■

역곡역(가톨릭대)

● CGV

역곡남부역 사거리

24시 만화방　　　● 홈플러스

삼성 디지털프라자

역곡남부역 기업은행 건물 3층
032) 665-5525

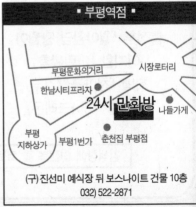

■ 부평역점 ■

부평문화의거리　　시장로터리

한남시티프라자

24시 만화방　나들가게

부평
지하상가　부평1번가　춘천집 부평점

(구)진선미 예식장 뒤 보스나이트 건물 10층
032) 522-2871

내일을 향해 쏴라

김형석 장편 소설

FUSION FANTASTIC STORY

1만 시간의 법칙!
'성공은 1만 시간의 노력이 만든다' 는 뜻이다.

그러나…
사회복지학과 복학생 수.
전공 실습으로 나간 호스피스 병동에서
미지와 조우하다.

1만 시간의 법칙?
아니, 1분의 법칙!

**전무후무한 능력이 수에게 강림하다!
맨주먹 하나로 시작한 수의
인생역전이 시작된다!**

Book Publishing CHUNGEORAM

WWW.chungeoram.com

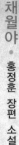

월야환담

채월야 · 홍정훈 장편 소설

"미친 달의 세계에 온 것을 환영한다!"

서울을 중심으로 펼쳐지는 뱀파이어, 그리고 뱀파이어 사냥꾼들의 이야기!
한국형 판타지의 신화, 월야환담 시리즈 애장판
그 첫 번째 채월야!

PERFECT GAME
박선우 장편 소설
FUSION FANTASTIC STORY
퍼펙트 게임
고통과 좌절의 시간들을 뛰어넘어
불사조처럼 일어나 세계를 제패한 사나이의 일대기.
대한민국을 넘어 메이저리그를 평정하며
명예의 전당에 헌정된 언터처블 투수, 이강찬.
강철 같은 어깨에서 뿜어져 나오는 그의 패스트볼은
무적이었으며 야구계에 길이 남을 신화였다.
야구만을 사랑했던 고독한 사나이.
그의 퍼펙트게임이 이제 시작된다!
Book Publishing CHUNGEORAM
www.chungeoram.com

현대 소환술사

THE MODERN SUMMONER

FUSION FANTASTIC STORY

현윤 퓨전 판타지 소설

하늘이 무너져도 솟아날 구멍은 있다!

드래곤의 실험으로 모진 고난을 겪어야 했던 레비로스!
우여곡절 끝에 소환술사가 되어 최강의 자리에 오르지만
운명은 그를 나락으로 떨어뜨린다.

『현대 소환술사』

다시 한 번 주어진 삶!
그러나 그마저도 암울하기 그지없는데…….

소환술사 레비로스의 인생 역전이 시작된다!

Book Publishing CHUNGEORAM

유행이 아닌 자유추구
WWW.chungeoram.com